莫言 | 主要作品

红高粱家族

天堂蒜薹之歌

十三步

酒国

食草家族

丰乳肥臀

红树林

檀香刑

四十一炮

生死疲劳

蛙

○●○

白狗秋千架（小说集）

爱情故事（小说集）

与大师约会（小说集）

欢乐（小说集）

怀抱鲜花的女人（小说集）

战友重逢（小说集）

师傅越来越幽默（小说集）

○●○

姑奶奶披红绸（剧作集）

我们的荆轲（剧作集）

Winner of
the Nobel Prize
*in* Literature

秋　水

# 秋水

莫言短篇小说精品系列

浙江文艺出版社
Zhejiang Literature & Art Publishing House

# 目录

# 大　风

　　学校里放了暑假，我匆匆忙忙地收拾收拾，便乘上火车，赶回故乡去。路上，我的心情十分沉重。前些天家里来信说，我八十六岁的爷爷去世了。寒假我在家时，老人家还很硬朗，耳不聋眼不花，想不到仅仅半年多工夫，他竟溘然逝去了。

　　爷爷是个干瘦的小老头儿，肤色黝黑，眼白是灰色，人极慈祥，刘我很疼爱。我很小时，父亲就病故了，本来已经"交权"的爷爷，重新挑起了家庭的重担，率领着母亲和我，度过了艰难的岁月。爷爷是村里数一数二的庄稼人，推车打担、使锄耍镰都是好手。经他的手干出的活儿和旁人明显地两样。初夏五月天，麦子黄熟了，全队的男劳力都提着镰刀下了地。爷爷割出的麦茬又矮又齐，捆出来的麦个子，中间卡，两头参，麦穗儿齐齐的，连一个倒穗也没有。生产队的马车把几十个人割出的麦个拉到场里，娘儿们铡场时，能从小山一样的麦个垛里把爷爷的活儿挑出来。

"瞧啊，这又是'蹦蹦'爷的活儿！"

娘儿们怀里抱的麦个子一定是紧腰齐头委根子，像宣传画上经常画着的那个扎着头巾的小媳妇怀里抱的麦个子一样好看，她们才这样喊。

"除了'蹦蹦'爷谁也干不出这手活儿。"娘儿们把麦子往铡刀下一送，按铡的娘儿们一手叉腰，单手握着铡刀柄，手腕一抖，屁股一翘，大奶子像小白兔一样跳了两下，"嚓"，麦个子拦腰切断，根是根，穗是穗。要是碰上埋汰主儿捆的麦个子，娘儿们就搜罗着最生动形象的话儿骂，按铡的娘儿们双手按铡刀，奶子颠得像要插翅飞走，才能把麦个子铡断，而麦根部分里往往还夹带麦穗。

干什么都要干好，干什么都要专心，不能干着东想着西，这是爷爷的准则。爷爷使用的工具是全村最顺手的工具。他的锄镰镢锹都是擦得亮亮的，半点锈迹也没有。他不抽烟，干活干累了，就蹲下来，或是找块碎瓦片，或是拢把干草，擦磨那闪亮的工具……

我带着很悒郁的心情跨进家门，母亲在家。母亲也是六十多岁的人了，多年的操心劳神使她的面貌比实际年龄要大得多。母亲说，爷爷没得什么病，去世前一天还推着小车到东北洼转了一圈，割回了一棵草。母亲从一本我扔在家里的杂志里把那株草翻出来，小心地捏着，给我看："他两手捧回这棵草来，对我说：'星儿他娘，你看看，这是棵什么草？'说着，人兴头得了不得。夜里，听到他屋里响了一声，起来过去一看，人已经不行了……老人临死没遭一点罪，这也是前世修的。"母亲款款地说着，"只是没能侍候他，心里愧得慌。他出了一辈子的力，不容易啊……"

我眼窝酸酸地听着母亲的话，想起了很多往事——

我家房后有一条弯弯曲曲的胶河，沿着高高的窄窄的河堤向东北方向走七里左右路，就到了一片方圆数千亩的荒草甸子。每年夏天，爷爷都去那儿割草。离我们村二十里有部队一个马场，每年冬季都收购干青草喂马，价钱视草的质量而定。我爷爷的镰刀磨得快，割草技术高，割下来的草干净，不拖泥带水。晒草时又摊得薄，翻得勤，干草都是很新鲜的淡绿色，像植物标本一样鲜活，爷爷的干草向来卖最高的价钱。我至今还留恋在干草堆里打滚的快乐——尤其是秋天，夜晚凉凉爽爽，天上的颜色是墨绿，星星像宝石一样闪闪烁烁，松软的干草堆暖暖和和，干青草散发出沁人心脾的甜香味……

　　最早跟爷爷去荒草甸子割草，是刚过了七岁生日不久的一天。我们动身很早，河堤上没有行人。堤顶也就是一条灰白的小路，路的两边长满了野草，行人的脚压迫得它们很瑟缩，但依然是生气勃勃的。河上有雾，雾很重，但不均匀，一块白，一块灰，有时像炊烟，有时又像落下来的云朵。看不见河水，河水在雾下无声无息地流淌，间或有泼剌的响声，也许是因为鱼儿在水里动作吧。爷爷和我都不说话。爷爷的步子轻悄悄的，走得不紧不慢，听不到脚步声。小车轮子沙沙地响。有时候，车上没收拾干净的一根草梗会落在辐条之间，草梗轻轻地拨弄着车辐条，发出很细微的"嚓嚓嚓嚓"、"叮叮叮叮"的响声。我有时把脸朝着前方（爷爷用小车推着我），看着河堤两边的景致。高粱田、玉米田、谷子田。雾淡了些，仍然高高低低地缠绕着田野和田野里的庄稼。丝线流苏般的玉米缨儿，刀剑般的玉米叶儿，刚秀出的高粱穗儿，很结实的谷子尾巴，都在雾中时隐时现。很远，很近。清楚又模糊。河堤上的绿草叶儿上挂着亮晶晶的露水珠儿，在微微颤抖着，对我打着招呼。车子过去，露珠便落下来，河堤上留下很明显的痕迹，草的颜色也加深了。

　　雾越来越淡薄。河水露出了脸儿，是银白色的，仿佛不流动。灰蓝的天空也慢慢地明亮起来，东方渐渐发红，云彩边儿是粉红色的。太阳从挂满露珠的田野边缘上升起来，一点一点的。先是血一样红，没有光线，不耀眼。云彩也红得像鸡冠子。

　　天变得像水一样，无色，透明。后来太阳一下子弹出来，还是没有光线，也不耀眼，很大的椭圆形。这时候能看到它很快地往上爬，爬着爬着，像拉了一下开关似的，万道红光突然射出来，照亮了天，照亮了地，天地间顿时十分辉煌，草叶子的露珠像珍珠一样闪烁着。河面上躺着一根金色的光柱，一个拉长了的太阳。我们走到哪儿，光柱就退到哪儿。田野里还是很寂静，爷爷漫不经心地哼起歌子来。


　　　　一匹马踏破了铁甲连环
　　　　一杆枪杀败了天下好汉


　　曲调很古老。节拍很缓慢。歌声悲壮苍凉。坦荡荡的旷野上缓慢地爬行着爷爷的歌声，空气因歌声而起伏，没散尽的雾也在动。

一碗酒消解了三代的冤情

一文钱难住了盖世的英雄

从爷爷唱出第一个音节时，我就把头拧回来，面对着爷爷，双眼紧盯着他。他的头秃了，秃顶的地方又光滑又亮，连一丝细皱纹也没有。瘦得没有腮的脸是木木的，没有表情。眼睛是茫然的，但茫然的眼睛中间还有两个很亮的光点，我紧盯着这两个光点，似乎感到温暖。我想，他大概把我、把他自己、把车子、把这还没苏醒的田野全忘却了吧？他的走路、推车、歌唱都与他无关吧？我听到了自己的心跳声"咚咚咚咚"，像很远很远的树上有一个啄木鸟在凿树洞……

一声笑颠倒了满朝文武

一句话失去了半壁江山

爷爷唱的是什么，我不知道。但我从爷爷的歌唱中感受到一种很新奇很惶惑的情绪，"小鸡儿"慢慢地翘起来，很幸福又很痛苦。我感到陡然间长大了不少，童年时代就像消逝在这条灰白的镶着野草的河堤上。爷爷用他的手臂推着我的肉体，用他的歌声推着我的灵魂，一直向前走。

"爷爷，你唱的什么？"我捕捉着爷爷唱出的最后一个尾音，一直等到它变成一种感觉消逝在茵茵绿草叶梢上时，我才迷惘地问。

"瞎唱呗，谁知道它是什么……"爷爷说。

夜宿的鸟儿从草丛中飞起来，在半空中嘹亮地叫着。田野顷刻变得生气勃勃。十几只百灵在草甸子上空盘旋着鸣啭。秃尾巴鹌鹑在草丛中"哞——哞——"地鸣叫着。爷爷停下车子，说："孩子，下来吧。"

"到了吗，爷爷？"

"噢。"

爷爷把车子推到草地上，竖起来，脱下褂子蒙在车轱辘上，带着我向草甸子深处走去。爷爷带着我去找老茅草，老茅草含水少，干得快，牲口也爱吃。

爷爷提着一把大镰刀，我提着一柄小镰刀，在一片茅草前蹲下来。"看我怎么割。"爷爷做着示范给我看。他并不认真教我，比划了几下子就低头割他的草去了。他割草的姿势很美，动作富有节奏。我试着割了几下，很累，厌烦了，扔下镰刀，追鸟捉蚂蚱去了。草甸子里蚂蚱很多，我割草没成绩，捉蚂蚱很有成绩。中午，爷爷点起一把火，把干粮烤了烤，又烧熟了我捉的蚂蚱，蚂蚱满肚子籽儿，好香。

迷蒙中感到爷爷在推我，睁眼爬起来一看，已是半下午了。吃过蚂蚱后，爷爷支起一个凉棚让我钻进去，我睡了一大觉，草甸子里夹杂着野花香气的热风吹得我满身是汗。爷爷已经把草捆成四大捆，全背到了河堤上，小车也推上了河堤。

"星儿，快起来，天不好，得快点儿走。"爷爷对我说。

不知何时——在我睡梦中茶色的天上布满了大块的黑云，太阳已挂到西半边，光线是橘红色，很短，好像射不到草甸子就没劲了。

"要下雨吗，爷爷？"

"灰云主雨，黑云主风。"

我帮着爷爷把草装上车，小车像座小山包一样。爷爷在车前横木上拴上一根细绳子，说："小驹，该抻抻你的懒筋了，拉车。"

爷爷弯腰上袢，把车子扶起来，我抻紧了拉绳，小车晃晃悠悠地前进了。河堤很高，坡也陡，我有点头晕。

"爷爷，您可要推好，别轱辘到河里去。"

"使劲儿拉吧，爷爷推了一辈子车，还没翻过一回呢。"

我相信爷爷说的是实话。爷爷的腿好，村里人都叫他"蹦蹦"。

大堤弯弯曲曲，像条大蛇躺在地上。我们踩着蛇背走。这时是绿色的光线照耀着我，我低头看着自己的膝盖，也可以看到自己的肚脐。我偶尔回过头，从草捆缝隙里望望爷爷。爷爷眼泪汪汪地盯着我，我赶紧回过头，下死劲拉车。

走出里把路，黑云把太阳完全遮住了。天地之间没有了界限，一切都不发声，各种鸟儿贴着草梢飞，但不敢叫唤。我突然感到一种莫名的恐惧，回头看爷爷，爷爷的脸，还是木木的，一点表情也没有。

河堤下的庄稼叶子忽然动起来了，但没有声音。河里也有平滑的波浪涌起，同样没有响声。很高很远的地方似乎传来了世上没有的声音，跟着这声音而来的是天地之间变成紫色，还有扑鼻的干草气息、野蒿子的苦味和野菊花幽幽的药香。

我回头看爷爷，爷爷还是木木的，一点表情也没有。

我的小心儿缩得很紧，不敢说话，静静地等待着。

一只长长的蚂蚱蹦到我的肚皮上，两只五色的复眼仇视地瞪着我。一只拳头大的野兔在堤下的谷子地里出没着。

"爷爷！"我惊叫一声。

在我们的前方，出现了一个黑色的、顶天立地的圆柱，圆柱飞速旋转着，向我们逼过来。紧接着传来沉闷如雷鸣的呼噜声。

"爷爷，那是什么？"

"风。"爷爷淡淡地说，"使劲拉车吧，孩子。"说着，他弯下了腰。

我身体前倾，双脚蹬地，把细绳拽得紧紧的。

我们钻进了风里。我听不到什么声音，只感到有两个大巴掌在使劲扇着耳门子，鼓膜嗡嗡地响。风托着我的肚子，像要把我扔出去。堤下的庄稼像接到命令的士兵，一齐倒伏下去。河里的水飞起来，红翅膀的鲤鱼像一道道闪电在空中飞。

"爷爷——！"我拼命地喊着。喊出的声音连我自己都没听到。肩头的绳子还是紧紧地绷着，这使我意识到爷爷的存在。爷爷在我就不怕，我把身体尽量伏下去，一只胳膊低下去，联结着胳膊的手死死抓住路边草墩。我觉得自己没有体重，只要一松手，就会化成风消失掉。

爷爷让我拉车，本来是象征性的事儿。那根拉车绳很细，它一下子绷断了。我扑倒在堤上。风把我推得翻斤斗。翻到河堤半腰上，我终于又伸出双手抓住了救命的草墩，把自己固定住了。我抬起头来看爷爷和车子。车子还挺在河堤上，车子后边是爷爷。爷爷双手攥着车把，脊背绷得像一张弓。他的双腿像钉子一样钉在堤上，腿上的肌肉像树根一样条条棱棱地凸起来。风把车子里半干不湿的茅草揪出来，扬起来，小车在哆嗦。

我揪着野草向着爷爷跟前爬。我看到爷爷的双腿开始颤抖了，汗水从他背上流下来。

"爷爷，把车子扔掉吧！"我趴在地上喊。

爷爷倒退了一步，小车猛然往后一冲，他脚忙乱起来，连连倒退着。

"爷爷！"我惊叫着，急忙向前爬。小车倒推着爷爷从我面前滑过去。我灵机一动，耸身扑到小车上。借着这股劲，爷爷又把腰煞下去，双腿又像生了根似的定住了。我趴在车梁上，激动地望着爷爷。爷爷的脸还是木木的，一点表情也没有。

刮过去的是大风。风过后，天地间静了一小会儿。

夕阳不动声色地露出来，河里通红通红，像流动着冷冷的铁水。庄稼慢慢地直腰。爷爷像一尊青铜塑像一样保持着用力的姿势。

我从车上跳下来，高呼着："爷爷，风过去了！"

爷爷眼里突然盈出了泪水。他慢慢地放下车子，费劲地直起腰。我看到他的手指都蜷曲着不能伸直了。

"爷爷，你累了吧？"

"不累，孩子。"

"这风真大。"

"唔。"

风把我们车上的草全卷走了，不，还有一棵草夹在车梁的榫缝里。我把那棵草举着给爷爷看，一根普通的老茅草，也不知是红色还是绿色。

"爷爷，就剩下一棵草了。"我有点懊丧地说。

"天黑了，走吧。"爷爷说着，弯腰推起了小车。

我举着那棵草，跟着爷爷走了一会儿，就把它随手扔在堤下淡黄色的暮色中了。


"人老了，就像孩子一样，"母亲说，"大老远跑到东北洼，弄回来这么一棵草，还说：'等星儿回来让他认认，这是棵什么草，他学问大。'你认得出吗？"母亲说着把草递给我。

　　我把这棵草接过来，珍重地夹在相册里。夹草的那一页，正好镶着我的比我大六岁的未婚妻的照片。

　　　　　　　　　　　　　　（一九八四年九月）

# 枯　　河

　　一轮巨大的水淋淋的鲜红月亮从村庄东边暮色苍茫的原野上升起来时，村子里弥漫的烟雾愈加厚重，并且似乎都染上了月亮的那种凄艳的红色。这时太阳刚刚落下来，地平线上还残留着一大道长长的紫云。几颗瘦小的星斗在日月之间暂时地放出苍白的光芒。村子里朦胧着一种神秘的气氛，狗不叫，猫不叫，鹅鸭全是哑巴。月亮升着，太阳落着，星光熄灭着的时候，一个孩子从一扇半掩的柴门中钻出来，一钻出柴门，他立刻化成一个幽灵般的灰影子，轻轻地飘浮起来。他沿着村后的河堤舒缓地飘动着，河堤下枯萎的蒌草和焦黄的杨柳落叶喘息般地响着。他走得很慢，在枯草折腰枯叶破裂的细微声响中，一跳一跳地上了河堤。在河堤上，他蹲下来，笼罩着他的阴影比他的形体大得多。直到明天早晨他像只青蛙一样蜷伏在河底的红薯蔓中长眠不醒时，村里的人们围成团看着他，多数人不知道他的岁数，少数人知道他的名字。而那时，他的父母全都目光呆滞，犹如鱼类的眼睛，无法准确地回答乡亲们提出的关于孩子的问题。他是个黑黑瘦瘦、嘴巴很大、鼻梁短促、目光弹性丰富的从来不知道什么叫生病的男孩子。他攀树的技能高超。明天早晨，他要用屁股迎着初升的太阳，脸深深地埋在乌黑的瓜秧里。一群百姓面如荒凉的沙漠，看着他的比身体其他部位的颜色略微浅一些的屁股。这个屁股上布满伤痕，也布满阳光，百姓们看着它，好像看着一张明媚的面孔，好像看着我自己。

他蹲在河堤上，把双手夹在两个腿弯子里，下巴放在尖削的膝盖上。他感到自己的心像只水耗子一样在身体内哧溜哧溜地跑着，有时在喉咙里，有时在肚子里，有时又跑到四肢上去，体内仿佛有四通八达的鼠洞，像耗子一样的心脏，可以随便又轻松地滑动。月亮持续上升，依然水淋淋的，村庄里向外膨胀着非烟非雾的气体，气体一直上升，把所有的房屋罩进下边，村中央那棵高大的白杨树把顶梢插进迷蒙的气体里，挺拔的树干如同伞柄，气体如伞如笠，也如华盖如毒蘑菇。村庄里的所有树木都瑟缩着，不敢超过白杨树的高度，白杨树骄傲地向天里站，离地二十米高的枝丫间，有一团乱糟糟的柴棍，柴棍间杂居着喜鹊和乌鸦，它们每天都争吵不休，如果月光明亮，它们会跟着月亮噪叫。

或许，他在一团阴影的包围中蹲在河堤上时，曾经有抽泣般的声音从他干渴的喉咙里冒出来，他也许是在回忆刚刚过去的事情。那时候，他穿着一件肥大的褂子，赤着脚，站在白杨树下。白杨树前是五间全村唯一的瓦房，瓦房里的孩子是一个很漂亮的小女孩，漆黑的眼睛像两粒黑棋子。女孩子对他说："小虎，你能爬上这棵白杨树吗？"

他怔怔地看着女孩，嘴巴咧了咧，短促的鼻子上布满皱纹。

"你爬不上去，我敢说你爬不上去！"

他用牙齿咬住了厚厚的嘴唇。

"你能上树给我折根树杈吗？就要那根，看到了没有？那根直溜的，我要用它削一管枪，削好了咱俩一块耍，你演特务，我演解放军。"

他用力摇摇头。

"我知道你上不去，你不是小虎，是只小老母猪！"女孩愤愤地说，"往后我不跟你耍了。"

他用很亮的黑眼睛看着女孩，嘴咧着，像是要哭的

样子。他把脚放在地上搓着，终于干巴巴地说："我能
上去。"

"你真能？"女孩惊喜地问。

他使劲点点头，把大褂子脱下来，露出青色的肚
皮。他说："你给我望着人，俺家里的人不准我上树。"

女孩接过衣裳，忠实地点了点头。

他双脚抱住树干。他的脚上生着一层很厚的胼胝，
在银灰色的树干上把得牢牢的，一点都不打滑。他爬起
树来像一只猫，动作敏捷自如，带着一种天生的素质。
女孩抱着他的衣服，仰着脸，看着白杨树慢慢地倾斜，
慢慢地对着自己倒过来。恍惚中，她又看到光背赤脚的
男孩把粗大的白杨树干坠得像弓一样弯曲着，白杨树好
像随时都会把他弹射出去。女孩在树下一阵阵发颤。后
来，她看到白杨树又倏忽挺直。在渐渐西斜的深秋阳光
里，白花花的杨树枝聚拢上指，瑟瑟地弹拨着浅蓝色的
空气。冻一样澄澈的天空中，一绺绺的细密杨枝飞舞
着；残存在枝梢上的个把杨叶，似乎已经枯萎，但暗蓝
的颜色依旧不褪；随着枝条的摆动，枯叶在窸窣作响。
白杨树奇妙的动作缭乱了女孩的眼睛，她看到越爬越高
的男孩的黑色脊梁上闪烁着鸦翅般的光。

"你快下来，小虎，树要倒了！"女孩对着树上的

男孩喊起来。男孩已经爬进稀疏的白杨树冠里去了，树枝间有鸦鹊穿梭飞动，像一群硕大的蜜蜂，像一群阴郁的蝴蝶。

"树要断啦！"女孩的喊声像火苗子一样烧着他的屁股，他更快地往上爬。鸦鹊翅膀扇起的腥风直吹到他的脖颈子里，使他感到脊梁沟里一阵阵发凉。女孩的喊叫提醒了他，他也觉得树干纤细柔弱，弯曲得非常厉害，冰块一样的天空在倾斜着旋转。他的腿上有一块肉突突地跳起来，他低头看着这块跳动的肌肉，看得清清楚楚。就在这时候，他又听到了女孩的叫声，女孩说："小虎，你下来吧，树歪倒了，树就要歪到俺家的瓦屋上去了，砸碎俺家的瓦，俺娘要揍你的！"他打了一个愣怔，把身体贴在树干上，低眼往下看。这时他猛然一阵头晕眼花，他惊异地发现自己爬得这样高。白杨树把全村的树都给盖住了，犹如鹤立鸡群。他爬上白杨树，心底里涌起一种幸福感。所有的房屋都在他的屁股下，太阳也在他的屁股下。太阳落得很快，不圆，像一个大鸭蛋。他看到远远近近的草屋上，朽烂的麦秸草被雨水抽打得平平的，留着一层夏天生长的青苔，青苔上落满斑斑点点的雀屎。街上尘土很厚，一辆绿色的汽车驶过去，搅起一股冲天的灰土，好久才消散。灰尘散后，他看到有一条被汽车轮子碾出了肠子的黄色小狗蹒跚在街上，狗肠子在尘土中拖着，像一条长长的绳索，小狗一声也不叫，心平气和地走着，狗毛上泛起的温暖渐渐远去，黄狗走成黄兔，走成黄鼠，终于走得不见踪影。四处如有空瓶的鸣声，远近不定，人世的冷暖都一块块涂在物上，树上半冷半热，他如抱叶的寒蝉一样觳觫着，见一粒鸟粪直奔房瓦而去。女孩又在下边喊他，他没有听。他战战兢兢地看着瓦房前的院子，他要不是爬上白杨树，是永远也看不到这个院子的，尽管树下这个眼睛乌黑的小女孩经常找他玩，但爹娘却反复叮咛他，不准去小珍家玩。女孩就是小珍吗？他很疑惑地问着自己。他总是迷迷瞪瞪的，村里人都说他少个心眼。他看着院子，院子里砌着很宽的甬道，有一道影壁墙，墙边的刺儿梅花叶凋零，只剩下紫红色的藤条，院里还立着两辆自行车，车圈上的镀镍一闪一闪地刺着他的眼。一个高大汉子从屋里出来，在墙根下大大咧咧地撒尿，男孩接着看到这个人紫红色的脸，吓得紧贴住树干，连气儿都不敢喘。这个人曾经拧着他的耳朵，当着许多人的面问："小虎，一条狗几条腿？"他把嘴巴使劲朝一边咧着，说："三条！"众人便哈哈大笑。他记得当时父亲和哥哥也都在人群里，哥哥脸憋得通红，父亲尴尬地陪着众人笑。哥哥为此揍他，父亲拉住哥哥，说："书记愿意逗他，说明跟咱能合得来，说明眼里有咱。"哥哥松开他，拿过一块乌黑发亮的红薯面饼子杵到他嘴边，恼怒地问："这是什么？"他咬牙切齿地说：

"狗屎！"

"小虎，你快点呀！"女孩在树下喊。

他又慢慢地往上爬。这时他的双腿哆嗦得很厉害。树下瓦屋上的烟筒里，突然冒出了白色的浓烟，浓烟一缕缕地从枝条缝隙中，从鸦鹊巢里往上蹿。鸦鹊巢中滚动着肮脏的羽毛，染着赤色阳光的黑鸟围着他飞动、噪叫。他用一只手攀住了那根一把粗细的树杈，用力往下扳了一下，整棵树都晃动了，树杈没有断。

"使劲扳，"女孩喊，"树倒下了，它歪来歪去原来是吓唬人的。"

他用力扳着树杈，树杈弯曲着，弯曲着，真正像一张弓。他的胳膊麻酥酥的，手指尖儿发胀。树杈不肯断，又猛地弹回去。双腿抖得更厉害了，脑袋沉重地垂下去。女孩在仰着脸看他。树下的烟雾像浪花一样向上翻腾。他浑身发冷，脑后有两根头发很响地直立了起来，他又一次感到自己爬得是这样的高。那根直溜溜光滑滑的树杈还在骄傲地直立着，好像对他挑战。他把两条腿盘起来，伸出两只手拉住树杈，用力往下拉，树杈�咤地叫着，顶梢的细条和其他细条碰撞着，噼噼啪啪地响。他把全身的重量和力量都用到树杈上，双腿虽然还攀在树枝干上，但已被忘得干干净净。树杈愈弯曲，他心里愈是充满仇恨，他低低地吼叫了一声，腾跃过去，树杈断了。树杈断裂时发出很脆的响声，他头颅里有一根筋愉快地跳动了一下，全身沉浸在一种愉悦感里。他的身体轻盈地飞起来，那根很长的树杈伴着他飞行，清冽的大气，白色的炊烟，橙色的霞光，在身体周围翻来滚去。匆忙中，他看到从忽然变扁了的瓦房里，跑出了一个身穿大花袄的女人，她的嘴巴里发出马一样的叫声。

女孩正眼睁睁地往树上望着，忽然发现男孩挂在那根树杈上，像一颗肥硕的果实。她猜想他一定非常舒服，她羡慕得要命，也想挂到树杈上去。但很快就起了变化，男孩伴着树枝慢悠悠地落下来，她看到他的身体拉得很长，似一匹抖开了的棕绸缎，从树梢上直挂下来，那根她选中的树杈抽打着绸缎，索然有声。她捧着男孩的衣服往前走了一步，猛然觉得一根柔韧的枝条猛抽着腮帮子，那匹棕色绸缎也落到了身上。她觉得这匹绸缎像石头一样坚硬，碰一下都会发出敲打铁皮般的轰鸣。

他莫名其妙地从地上爬起来，身上有个别部位略感酸麻，其他一切都很好。但他马上就看到了女孩躺在树枝下，黑黑的眼睛半睁半闭，一缕蓝色的血顺着她的嘴角慢慢地往下流。他跪下去，从树枝缝里伸进手，轻轻地戳了一下女孩的脸。她的脸很硬，像充足了气的皮球。

穿花袄的女人飞一般来到房后，骂道："小坏种，你能上了天？你爹和你娘怎么弄出你这么个野种来？折我一根树杈我掰断你一根肋条！"

她气汹汹地冲到跪在地上的男孩面前，踢出的脚刚刚接触到男孩的脊梁，便无力地落下了。她的双眼发直，嘴巴歪拧着，扑到女孩身上，哭叫着："小珍子，小珍子，我的孩子，你这是怎么啦……"

……一只浑身虎纹斑驳的猫踏着河堤上的枯草上了堤顶，肉垫子脚爪踩着枯草，几乎没有声音。它吃惊地站在男孩面前，双眼放绿光，呜呜地发着威，尾巴像桅杆一样直竖起来。他胆怯地望着它。它不走，闻着从他身上散发出的浓重的血腥味，他无法忍受它那两只磷光闪烁的眼睛的逼视，困难地站立起来。

月亮已升起很高了，但依然水淋淋的不甚明亮。

西半天的星辰射出金刚石一样的光芒。村子完全被似烟似雾的气体笼罩了，他不回头也知道，村里的树木只有那棵白杨树能从雾中露出一节顶梢，像洪水中的树。想到白杨树，他鼻子眼里都酸溜溜的。他小心翼翼地绕过那只威风凛凛的野猫，趔趔趄趄地下了河，河里是一片影影绰绰的银灰色，不是水，是暄腾腾的沙土。已经连续三年大旱，河里垛着干燥的柴草，猫在背后冲着他叫，但他已无心去理它了。他的赤脚踩着热乎乎的沙土，一步一个脚印。沙土的热从脚心一寸寸地上行，先是很粗很盛，最后仅仅如一条蛛丝，好像沿着骨髓，一直钻到脑袋里。他搞不清自己的身体在哪儿，整个人变成了模模糊糊的一团，像个捉摸不定的暗影，到处都是热热辣辣的感觉。

他摔倒在沙窝里时，月亮颤抖不止，把血水一样的微光淋在他赤裸的背上。他趴着，无力再动，感觉到月光像热烙铁一样烫着背，鼻子里充溢着烧猪皮的味道。

大花袄女人并没有打他，她只顾哭她的心肝肉儿去了。他听着女人惊险的哭声，毛骨悚然，他知道自己犯下错了。他看到高大的红脸汉子蹿了过来，耳朵里嗡了一声，接着便风平浪静。他好像被扣在一个穹隆般的玻璃罩里，一群群的人隔着玻璃跑动着，急匆匆，乱哄哄，一窝蜂，如救火，如冲锋，张着嘴喊叫却听不到声。他看到两条粗壮的腿在移动，两只磨得发了光的翻毛皮鞋直对着他的胸口来了。接着他听到自己肚子里有只青蛙叫了一声，身体又一次轻盈地飞了起来，一股甜腥的液体涌到喉咙。他只哭了一声，马上就想到了那条在大街上的尘土中拖着肠子行进的黄色小狗。小狗为什么一声不叫呢？他反反复复地想着。翻毛皮鞋不断地使他翻斤斗。他恍然觉得自己的肠子也像那条小狗一样拖出来了，肠子上沾满了金黄色的泥土。那根他费了很大力量才扳下来的白杨树杈也飞动起来了，柔韧如皮条的枝条狂风一样呼啸着，枝条一截截地飞溅着，一股清新的杨树浆汁的味道在他唇边漾开去，他起初还在地上翻滚着，后来就嘴啃着泥土，一动也不动了。

沙土渐渐地凉下来了，他身上的温度与沙土一起降着。他面朝下趴着，细小的沙尘不断被吸到鼻孔里去。他很想动一下，但不知身体在哪儿，他努力思索着四肢的位置，终于首先想到了胳膊。他用力把胳膊撑起来，脖子似乎折断了，颈椎骨在咯嘣着响。他沉重地再次趴下，满嘴里都是沙土，舌头僵硬得不能打弯。连吃了三口沙土后，他终于翻了一个身。这时，他非常辛酸地仰望着夜空，月亮已经在正南方，而且褪尽了血色，变得明晃晃的，晦暗的天空也成了漂漂亮亮的银灰色，河沙里有黄金般的光辉在闪耀，那光辉很冷，从四面八方包围着他，像小刀子一样刺着他。他求援地盯着孤独的月亮。月亮照着他，月亮脸色苍白，月亮里的暗影异常清晰。他还从来没有这样认真地看过月亮，月亮里的暗影使他惊讶极了。他感到它非常陌生，闭上眼睛就忘了它的模样。他用力想着月亮，父亲的脸从苍白的月亮中显出来了。

　　他今天才知道父亲的模样。父亲有两只肿眼睛，眼珠子像浸泡在盐水里的地梨。父亲跪在地上也很高。翻毛皮鞋也许踢过父亲，也许没踢。父亲跪着哀求："书记，您大人不见小人的怪，这个狗崽子，我一定狠揍。他十条狗命也不值小珍子一条命，只要小珍子平安无事，要我身上的肉我也割……"书记对着父亲笑。书记眼里喷着一圈圈蓝烟。

　　哥哥拖着他往家走。他的脚后跟划着坚硬的地面。走了很久，还没有走出白杨树的影子。鸦鹊飞掠而过的阴影像绒毛一样扫着他的脸。

　　哥哥把他扔在院子里，对准他的屁股用力踢了一脚，喊道："起来！你专门给家里闯祸！"他躺在地上不肯动，哥哥很有力地连续踢着他的屁股，说："滚起来！你作了孽还有了功啦是不？"

他奇迹般地站了起来，一步步倒退到墙角下去，站定后，惊恐地看着瘦长的哥哥。

哥哥愤怒地对母亲说："砸死他算了，留着也是个祸害。本来我今年还有希望去当个兵，这下子全完了。"

他悲哀地看着母亲，母亲从来没有打过他。母亲流着泪走过来，他委屈地叫了一声娘，眼泪鼻涕一齐流了出来。

母亲却凶狠地骂："鳖蛋！你还哭？还挺冤？打死你也不解恨！"

母亲戴着铜顶针的手狠狠地抽到他的耳门子上。他干嚎了一声。不像人能发出的声音使母亲愣了一下，她弯腰从草垛上抽出一根干棉花柴，对着他没鼻子没眼地抽着，棉花柴哗啷哗啷地响着，吓得墙头上的麻雀像子弹一样射进暮色里去。他把身体使劲倚在墙下，看着棉花柴在眼前划出的红色弧线……

村子里一声瘦弱的鸡鸣，把他从迷蒙中唤醒。他的肚子好像凝成一个冰坨子，周身都冷透了，月亮偏到西边去了，天河里布满了房瓦般的浪块。他想翻身，居然很轻松地翻了一个身，身体像根圆木一样滚动着。他当然不知道他正在滚下一个小斜坡，斜坡下有一个可怜巴巴的红薯蔓垛。紫勾勾的薯蔓发着淡淡的苦涩味儿，一群群枣核大的萤火虫在薯蔓上爬着，在他眼睛里和耳朵里飞着。

父亲摇摇晃晃地来了，母亲举着那棵打成光杆的棉花柴，慢慢地退到一边去。

"滚起来！"父亲怒吼一声。他把身体用力往后缩着。

他把身体用力往后缩着，红薯蔓唰啦啦响着。月亮遍地，河里凝结着一层冰霜，一个个草垛如同碉堡，凌乱摆布在河上。甜腥的液体又冲在喉头，他不由自主地大张开嘴巴，把一个个面疙瘩一样的凝块吐出来。吐出来的凝块摆在嘴边，像他曾经见过的猫屎。他怕极了，一种隐隐约约的预感出现了。

那是一个眉毛细长的媳妇，她躺在一张苇席上，脸如紫色花瓣。旁边有几个人像唱歌一样哭着。这个小媳妇真好看，活着像花，死去更像花。他是跟着一群人挤进去看热闹的，那是一间空屋，一根红色的裤腰带还挂在房梁上。死者的脸平静安详，把所有的人都不放进眼里。大队里的红脸膛的支部书记眼泪汪汪地来看望死者，众人迅速地为他让开道路。支部书记站在小媳妇尸身前，眼泪盈眶，小媳妇脸上突然绽开了明媚的微笑。

眉毛如同燕尾一样剪动着。支部书记一下子化在地上，浑身上下都流出了透明的液体。人们都说小媳妇死得太可惜啦。活着默默无闻的人，死后竟能引起这么多人的注意，连支部书记都来了，可见死不是件坏事。他当时就觉得死是件很诱人的事情。随着杂乱的人群走出空屋，他很快就把小媳妇，把死，忘了。现在，小媳妇，死，依稀还有那条黄色小狗，都沿着遍布银辉的河底，无怨无怒地对着他来了。他已经听到了她们的杂沓的脚步声，看到了她们的黑色的巨大翅膀。

在看到翅膀之后，他突然明白了自己的来龙去脉，他看到自己踏着冰冷的霜花，在河水中走来又走去，一群群的鳗鱼像粉条一样在水中滑来滑去。他用力挤开鳗鱼，落在一间黑釉亮堂堂的房子里。小北风从鼠洞里、烟筒里、墙缝里不客气地刮进来。他愤怒地看着这个金色的世界，寒冬里的阳光透过窗纸射进来，照耀着炕上的一堆细沙土。他湿漉漉地落在沙土上，身上滚满了细沙。他努力哭着，为了人世的寒冷。父亲说："嚎，嚎，一生下来就穷嚎！"听了父亲的话，他更感到彻骨的寒冷，身体像吐丝的蚕一样，越缩越小，布满了皱纹。

昨天下午那个时刻，他发着抖倚在自家的土墙上，看着父亲一步步走上来。夕阳照着父亲高大的身躯，照着父亲愁苦的面孔。他看到父亲一脚赤裸，一脚穿鞋，一脚高一脚低地走过来。父亲左手提着一只鞋子，右手拎着他的脖子，轻轻提起来，用力一摔。他第三次感到自己在空中飞行。他晕头转向地爬起来，发现父亲身体更加高大，长长的影子铺满了整个院子。父亲和哥哥像用纸壳剪成的纸人，在血红的夕阳中抖动着。父亲那只厚底老鞋第一下打在他的脑袋上，把他的脖子几乎钉进腔子里去。那只老鞋更多的是落在他的背上，急一阵，慢一阵，鞋底越来越薄，一片片泥土飞散着。

"打死你也不解恨！杂种。真是无冤无仇不结父子。"父亲悲哀地说着。说话时手也不停，打薄了的鞋底子与他的黏糊糊的脊背接触着，发出越来越响亮的声音。他愤怒得不可忍受，心脏像铁砣子一样僵硬。他产生了一种说话的欲望，这欲望随着父亲的敲击，变得愈加强烈，他听到自己声嘶力竭地喊道："狗屎！"

父亲怔住了，鞋子无声地落在地上。他看到父亲满眼都是绿色的眼泪，脖子上的血管像绿虫子一样蠕动着。他咬牙切齿地对着父亲又喊叫："臭狗屎！"父亲低沉地呜噜了一声，从房檐下摘下一根僵硬的麻绳子，放进咸菜缸里的盐水里泡了泡，小心翼翼地提出来，胳膊撑开去，绳子淅淅沥沥地滴着浊水。"把他的裤子剥下来！"父亲对着哥哥说。哥哥浑身颤抖着，从一大道苍黄的阳光中游了过来。在他面前，哥哥站定，不敢看他的眼睛却看着父亲的眼睛，喃喃地说："爹，还是不剥吧……"父亲果断地一挥手，说："剥，别打破裤子。"哥哥的目光迅速地掠过他凝固了的脸和鱼刺般的胸脯，直直地盯着他那条裤头。哥哥弯下腰。他觉得大腿间一阵冰冷，裤头像云朵一样落下去，垫在了脚底下。哥哥捏住他的左脚脖子，把裤头的一半扯出来，又捏住他的右脚脖子，把整个裤头扯走。他感到自己的一层皮被剥走了，望着哥哥畏畏缩缩地倒退着的影子，他又一次高喊："臭狗屎！"

父亲挥起绳子。绳子在空中弯弯曲曲地飞舞着，接近他屁股时，则猛然绷直，同时发出清脆的响声。他哼了一声，那句骂惯了的话又从牙缝里挤出来。父亲连续抽了他四十绳子，他连叫四十句。最后一下，绳子落在他的屁股上时，没有绷直，弯弯曲曲，有气无力；他的叫声也弯弯曲曲，有气无力，很像痛苦的呻吟。父亲把变了色的绳子扔在地上，气喘吁吁地进了屋。母亲和哥哥也进了屋。母亲恼怒地对父亲说："你把我也打死算了，我也不想活了。你把俺娘俩全打死算了，活着还赶不上死去利索。都是你那个老糊涂的爹，明知道共产党要来了，还去买了二十亩兔子不拉屎的涝洼地。划成一个上中农，一辈两辈三辈子啦，都这么人不人鬼不鬼地活着。"哥哥说："那你当初为什么要嫁给老中农？有多少贫下中农你不能嫁？"母亲放声恸哭起来，父亲也"嘻嘻嘻哈，嘻嘻嘻哈"地哭起来，在父母的哭声中，那条绳子像蚯蚓一样扭动着，一会儿扭成麻花，一会儿卷成螺旋圈，他猛一夯汗毛，肌肉缩成块块条条，借着这股劲，他站起来，在暮色苍茫的院子里沉思了几秒钟，便跳跃着奔向柴门，从缝隙中钻了出来⋯⋯

天亮前，他又一次醒过来，他已没有力量把头抬起来，看看苍白的月亮，看看苍白的河道。河堤上响着母亲的惨叫声：虎——虎——虎——虎儿啦啦啦啦——我的苦命的孩呀呀呀呀⋯⋯这叫声刺得他尚有知觉的地方发痛发痒，他心里充满了报仇雪恨后的欢娱。他竭尽全力喊了一声，胸口一阵灼热，有干燥的纸片破裂声在他的感觉中响了一声，紧接着是难以忍受的寒冷袭来。他甚至听到自己落进冰窟窿里的响声，半凝固的冰水仅仅溅起七八块冰屑，便把他给固定住了。

鲜红太阳即将升起那一刹那，他被一阵沉重野蛮的歌声吵醒了。这歌声如太古森林中呼啸的狂风，挟带着枯枝败叶污泥浊水从干涸的河道中滚滚而过。狂风过后，是一阵古怪的、紧张的沉默。在这沉默中，太阳冉冉出山，霎然奏起温暖的音乐，音乐抚摸着他伤痕斑斑的屁股，引燃他脑袋里的火苗，黄黄的，红红的，终于变绿变小，明明暗暗跳动几下，熄灭。

　　人们找到他时，他已经死了……他的父母目光呆滞，犹如鱼类的眼睛……百姓们面如荒凉的沙漠，看着他布满阳光的屁股……好像看着一张明媚的面孔，好像看着我自己……

　　　　　　　　　　　　　　　　（一九八五年三月）

# 秋　水

我爷爷八十八岁那年春天一个天气晴朗的上午，村里人都见他坐着大马扎子倚在我家临街的菜园子墙上闭目养神。天晌午，母亲让我去叫爷爷回家吃饭。我跑到他身边，大声喊叫也不见应，用手推去，才发现他已不会动。飞快报告家里人，一齐拥出来，围上去，推拿呼叫，也终究不济事。爷爷死得非常体面，面色红润，栩栩如生，令人敬仰不止。村里人纷纷说我爷爷生前积下善功，才得这等仙死。我们全家都为爷爷的死感到荣耀。

据说，爷爷年轻时，杀死三个人，放起一把火，拐着一个姑娘，从河北保定府逃到这里，成了高密东北乡最早的开拓者。那时候，高密东北乡还是蛮荒之地，方圆数十里，一片大涝洼，荒草没膝，水汪子相连，棕兔子红狐狸，斑鸭子白鹭鸶，还有诸多不识名的动物充斥洼地，寻常难有人来。我爷爷带着那姑娘来了。

那个姑娘很自然地就成了我的奶奶。他们是春天跑到这里来的，在草窝子里滚过几天后，我奶奶从头上拔下金钗，腕上褪下玉镯，让爷爷拿到老远的地方卖了，换来农具和日用家什，到洼子中央一座莫名其妙的小土山上搭了一个窝棚。从此后就爷爷开荒，奶奶捕鱼，把一个大涝洼子的平静搅碎了。消息慢慢传出去，神话般谈论着大涝洼里有一对年轻夫妻，男的黑，魁梧，女的白，标致，还有一个不白不黑的小子……陆续便有匪种寇族迁来，设庄立屯，自成一方世界——这是后话。

我懂人事时，那座莫名其妙的小土山已被十八乡的贫下中农搬走了，洼地似乎长高，天雨日少，很难见到水，隔五六里就是一个村子。听爷爷辈的老人讲起这里的过去，从地理环境到奇闻轶事，总感到横生出鬼雨神风，星星点点如磷火闪烁，不知真耶？假耶？

……我爷爷和我奶奶开荒地种五谷，捕鱼虾猎狐兔，起初还有些提心吊胆，梦里常忆起那几颗血淋淋的人头，日子一多，便淡忘了。我爷爷说，大洼里无兵无官，天高皇帝远，就是蚊虫多得要命。阴雨天前，常常可见到一团团黑烟压着草梢和水面飞翔，伸手过去，能抓下一小把。为避蚊虫，爷爷和奶奶有时跳进水里去，只露出两个鼻孔出气。爷爷还说，潮湿的草中，每到晚间就放出幽幽绿光，连成一片，好像水在流动。泥沼里的螃蟹总是趁着磷光觅食，天明你去淤泥上看，密密麻麻全是蟹爪印。这些蟹子，长成了都如马蹄大。我甭说吃，连见也没见过这些大蟹。听爷爷讲过去的大涝洼子，令人神往神壮，悔不早生六十年。

夏去秋来，爷爷种的高粱晒红了米，谷子垂下了头，玉米干了缨，一个好年景绑到了手上。我父亲也在我奶奶腹中长得全毛全翅，就等着好日子飞出来闯荡世界。临收获前几天，突然燠热起来，花花绿绿的云罩在大涝洼子上，云团像炸群的牲口一样胡乱窜，水洼子里映出一团团匆匆移动的暗影。大雨滂沱，旬日不绝，整个涝洼子都被雨泡涨了，啰啰嗦嗦的雨声，犹犹豫豫的白雾，昼夜不绝不散。爷爷急躁得骂天骂地。奶奶一阵阵腹痛。奶奶对爷爷说："我怕是要生了。"爷爷说："生就生吧。这熊攘的天气，我恨不得捅它个窟窿。"爷爷正骂着，就见那太阳从云缝中钻出来，初时略有些朦胧，立即就射出两三束极强的白光，扫出了几道白天。爷爷跑出窝棚，兴奋地看着天，听涝洼里的雨声渐渐稀少起来，空中尚有少许银亮雨丝斜着飞。大洼子里积水成片，黄草绿草在水中疲劳地擎着头。雨声断绝，大洼子里一阵阵沉重的风响。我爷爷高高地望着他的庄稼，见高粱玉米尚好，脸上有了喜色。随着风响，无数的青蛙一齐鸣叫起来，整个洼子都在哆嗦。爷爷走进窝棚，跟奶奶说云开日出的事，奶奶说她肚子痛得一阵急似一阵，心里害怕。爷爷劝她："怕什么？瓜熟蒂落。"正说着话，听到四野里响起一阵怪声，隆隆如滚雷，把蛙鸣声挤到中间来。爷爷钻出棚去，见有黄色的浪涌如马头高，从四面扑过来，浪头一路响着，齐齐地触上了土山，洼子里顿时水深数米。青蛙好像全给灌死了。荒草没了顶，只有爷爷的高粱和玉米还没被淹没。又一会儿工夫，玉米和高粱也没了顶，八方望出去，满眼都是黄黄的水，再也见不到别的什么。爷爷长叹一声，钻进棚里。奶奶裸着身子，在草铺上呼呼叫叫，头发上滚满了草屑，白脸上透出灰色。"洪水漫上来了！"爷爷忧心忡忡地说。奶奶于是不再叫，爬起来，挪出棚子望望，立即钻进来，脸上失了色，五官有些挪位。半晌没说话，一张嘴，先放出两根哭声："嗷——嗷——完了，老三，咱活不出去了。"爷爷扶她躺在铺上，说："你是怎么啦？咱人也杀了，火也放了，还有什么好怕的？

当初就说，能在一起过一天，死了也情愿，咱在一起过了多少个一天啦？水大没不了山，树高戳不破天，好好生你的孩子，我去看看水。"

　　我爷爷折了一根树枝，斜着往下走了几十步，把树枝插在乱伸舌头的水边上，又返回土山高顶看水。迎着阳光的一面只能望出去几箭远，便被水面泛起的耀眼的光芒挡住了；背光的一面，却可以一眼望到尽头。眼中全是浊污的黄水，不知从哪儿来，不知往哪儿去，一股一股的，撞上了土山，扭在一起，弄出一些大大小小的黑漩涡，时时可见一两只笨拙的蛤蟆直奔漩涡而去，进去了，就再也见不到出来。我爷爷插的那根树枝又被淹没了，这说明水还在急涨。望着这浩浩荡荡的世界，我爷爷也有些惶然。一会儿心里空隙极大，像一片寂寞的荒原；一会儿又满登登的，五脏六腑仿佛凝成一团。发着愣怔的工夫，水又涨了几寸，小土山越来越小，对比着一看，爷爷心里冷了。他仰天长叹一声，见着瓦蓝的天从云缝中大块大块地露出来，挂色的破云被流风驱赶着匆匆奔命。爷爷又在水边上插了一根树枝，松弛着脸回了窝棚，对双腿乱扑腾的奶奶说："你能给我生个儿子吗？"

　　傍晚时，爷爷又出棚看水。一天彩云照着水，红的红，黄的黄，云彩模糊地在浑水中漂。水位停在原来的地方，爷爷顿时松了心。这时，绕着小山周围的水面上，忽闪忽闪飞舞着成群结队的银灰色大鸟。爷爷不认识这种鸟。鸟的鸣叫声刁钻古怪，翅羽上涂着霞光。爷爷看到它们从水中衔上一条条白色的鱼，便感到肚里有些空，走进窝棚去生火做饭。奶奶满脸是汗，但也没忘了问水势。爷爷说水位开始下跌，让她安心生孩子。奶奶立即哭了，说："老三，我年纪大了，骨缝闭了，怕是生不下这个孩子来啦。"爷爷说："没有的事，你不要着急。"

柴草发潮，烧出满棚黑烟。暮色渐渐上来，暮色如烟，缓缓去笼罩水世界，水鸟齐着噪，一批批在小山上降落。奶奶顾不上吃饭，爷爷草草吃了几口，满肚里如塞了烂草，熬了半锅燕麦鱼片粥，终于冷成了团。是夜，奶奶仍不时发阵痛，呻吟声断断续续，我父亲有些固执，迟迟不肯落草。急得奶奶对我父亲说："孩子，你出来吧，别让娘受洋罪啦。"爷爷坐在草铺前，干着急帮不上忙，心里打着别种主意，说话总难成句，断断续续如同打嗝，干脆就不说话。浅黄的月色怯怯地上满了棚，染着我爷爷青青的头皮，染着我奶奶白白的身体。蟋蟀正在棚草上伏着，把翅膀摩得嚓嚓响。四处水声喧哗，像疯马群，如野狗帮，似马非马，似水非水，远了，近了，稀了，密了，变化无穷。我爷爷从草棚里望出去，见月光中亮出满山野鸟，白得有些耀眼。山上生着一些毛栗子树，东一棵西一棵，不像人工所为，树不大，尚未到结果的年龄，白天已见到叶子上落满了秋色，月下不见树叶，恍惚间觉得树上挂满了异果，枝枝杈杈都弯曲下坠，把叶子摇得窸窣响，细看才知树上也全是大鸟。爷爷和奶奶都有些麻木，不知何时入睡。

翌日清晨，见半锅冷粥已被老鼠舔得精光，棚内还有数十匹盈尺的饿鼠在穿梭般跑动。奶奶无心去顾群鼠，在铺上辗转反侧，脸上汗晞了，留下一道道痕迹。爷爷拿着棍子赶鼠，群鼠霸道凶恶，俱有跳梁之意，打死十几匹后，才悻悻地退出棚去，散到小山各处觅食。水鸟们已飞去水面捕鱼，山上树上留下了它们的羽毛粪便，白白黑黑斑驳一片。日头从黄水中初冒出来时，血红的一个大柿子，似乎戳一下就会流瘤。后来东半边水天一色，中间夹着个翻转的彻底红球。一会儿显出金色来，显出银色来，形状也由狼伉肥硕变得规矩玲珑。日小水阔。我爷爷查看了一下水势，见昨天插下的树枝依然齐着水边，水已平头，不再见长，四周也没有了那些张狂的大浪，水如平镜，漩涡尚有，但都浅了。水上漂来许多杂物，一层层绕着土山。爷爷拿来一支长柄铁抓钩，脱了光膀子，挺着一坨坨肉，沿着水边打捞漂浮物。箱、柜、房梁、木架、浮树、铁桶，各色杂物在爷爷身后排成了队。奶奶的叫声已不响亮，一阵阵传来。爷爷苦着脸，加紧干活，好像是要借此把心移开去。有些栗树被洪水淹了，参差不齐地露出大大小小的冠，叶子全是死色了。在栗树附近，爷爷看到一团黑白不甚分明的东西在起伏，便铆足了劲，一抓钩扔过去，听到水里噗噗响两声，水面上洇开两片暗红的颜色，用力拖过来，我爷爷肠胃抽搐成团，吐出一口口黄水来。

爷爷用抓钩拖上来一个死人。衣服缕缕片片地连着，露出胀鼓鼓的身体。死人挺直双腿，十个脚趾头用力张开，肚子已胀成气球状，脐眼深陷进去。再往下看，见死人右手握拳，左手歪扭，只余拇指和食指，其他三指齐根没了。死人脖子细长，肩胛处被爷爷的抓钩凿上两个黑洞，洞里流出的污水把脖子弄脏了。死人下巴上有一圈花白的胡须，凌乱地纠葛在一起。嘴里两排结实的黑牙龇出来，上唇和下唇好像被水族吃掉了。鼻子还挺挺的似尖笋。左眼眶变成了一个深深的窟窿，里边沉淀着淤泥，右眼球由一根雪白的筋络挂到耳边，黑白分明地看着世界。双眉之间有一个圆圆的洞。头发灰白相杂，头皮皱得如吐尽丝的柞蚕。死人立刻招来了成群的苍蝇并散发出扑鼻的恶臭。我爷爷闭着眼睛把死人捅下水去，不忍心再去打捞浮物，用力涮净抓钩，挂着，一路吐着，挨回了草棚。

奶奶已经精疲力竭，躺着，如一条出水的大鱼，时时做痉挛地一跳。见到爷爷进棚，她惨淡一笑，说："老三，你行行好，杀了我吧，我没了劲，生不下你的孩子啦。"

我爷爷攥住我奶奶的手用力一握，两个人眼里都盈出了泪水。爷爷说："二小姐，是我把你害了。我不该把你带到这里来。"奶奶的泪水流到脸上。奶奶说："你别叫我二小姐。"爷爷看着奶奶，想起了往事。奶奶又发作起来，一声声哭叫："老三……行行好……给我一刀吧……"爷爷说："二小姐，你不要往坏处想。你想想，我们能过到一块儿，是多么样的艰难。杀人时你给我递刀，放火时你给我抱草，千万里路程，你一双小脚也走了过来，猫大个孩子你就生不下来他？"奶奶说："我实在是一丝丝劲也没有了。"爷爷说："你等等，我弄饭给你吃。"

爷爷粗手大脚地煮了半锅饭，盛满了两碗，一碗自己端着，一碗递给奶奶。奶奶躺着有气无力地摇头。爷爷恼起来，把一碗饭用力摔出棚去，吼道："好吧，要死大家一齐死！你死，孩子死，我也死！"说完，不再看奶奶，只看饥鼠在棚外如饿狼般争斗。奶奶用力一跃，坐起来，夺过一碗饭，用力吃起来，一边吃，一边任泪水在腮上流。爷爷伸出大手，感动地抚摸着奶奶的背。

这一天我奶奶发了三个昏，傍晚时，像死去一样直挺挺仰在铺上。爷爷守着奶奶，一身汗，满脸泪，傍晚时，深了眼窝长了胡子，心里是一个混沌世界。

暮色渐渐满了棚。土山上又飞来无数大鸟。

昨晚那样蟋蟀振翅发声，声声如泣如诉。

群鼠在棚外探头探脑，小眼睛光亮如炭。

一大道凄凉月光射进棚来，罩住了我的爷爷和奶奶。我爷爷是个剽悍的男子汉，在阳光里眯起那两只鹰隼样的黑眼，下巴落在双手里，身体弯曲成饿鹰状，端的一个穷途英雄。我奶奶长颈丰乳，修臂尖足，腹部高耸，腹中装着我父亲。我父亲出生时很有些气象，长成后却是个善良敦厚的农民。阳光从西边下去，月光从东边上来，包着我的爷爷和奶奶，他们像洗过一样地干净。老鼠们试试探探地进棚来，见我爷爷无动静，随即猖獗起来。棚中的一切，在我爷爷眼里，都模糊朦胧。月光中的奶奶，举手投足，似受伤的大鸟。水声与水鸟的啁啾声一浪浪袭来。交西时了，我爷爷感到一阵凉气袭背，不由得打了一个寒战，定睛看时，只见从那道月光里，蠢蠢地爬进一个大物来。爷爷刚要发喊，就听得那物发出人声。女人声："大哥……救救我吧……"

爷爷慌忙起身，把一支宝贵的蜡烛点亮，跳动的火苗下，那个女人正趴着喘气。爷爷扶起她，让她坐在一个草墩上，那女人像泡软的泥巴，坐着，双肩耷拉，脖子向两边歪，一头黑发，披散开盖了肩，发间杂有乱草。她穿一身紫衣，紧贴住皮肉，两个馒头似的奶子僵冷光滑地挺着。长眉吊眼，高鼻阔嘴，双目分得很开。

"你是从哪里来的？"问过，爷爷立即知道问得糊涂，浑身透湿，自然是水上来的。女人也不回答，脑袋枕在肩上，侧身便倒。爷爷扶住她，听到她喃喃地说："……大哥，给我点东西吃……"

奶奶见到有人来，暂时忘了自己，将身子收拢一下，让爷爷把女人扶上铺，换了湿衣，披上件奶奶的衣服，躺在奶奶身旁。爷爷去锅里舀来一碗饭，用筷子挑着，一块块往那女人嘴里喂。那女人也不嚼，只管囫囵着咽，她的肚子里咕噜噜响，一碗饭，片刻就喂进去。

爷爷又盛来一碗饭。女人折身坐起来，把衣服拉拉遮住身，接过碗筷，自己吃起来。爷爷和奶奶久未见人，初见如此虎狼般进饭，心里暗暗生怕，不知这女人是人是鬼。吃过第二碗，女人用眼恳求地盯着爷爷。爷爷又为她端来一碗饭。吃相渐见和善。吃完三碗，我奶奶喊："你不能再吃了！"女人吃惊地侧目看着我奶奶，这才发现棚中尚有女人，便放下碗不再吃。眼里黑黑地放出光彩，怔了一会儿，连声道着谢。爷爷又问了女人几句话，她支支吾吾不想回答，也就不再问。

奶奶又折腾开来。那女人一见奶奶的样子，立刻就明白了。她站起来，活动了几下腰腿，俯下身去摸了摸奶奶的肚子，那女人对着奶奶笑笑，也不说话，从草铺上抽出一把草，零零散散地撒在地上。接着像闪电一样，女人弯腰从湿衣包里掏出一支乌黑的橹子枪，一下子触在我爷爷的胸脯上。女人对着我奶奶厉声大喊："站起来！要不我就打死他！"我奶奶一骨碌从草铺上滚下来，赤身裸体站在女人面前。

"弯下腰，把我撒到地下的草捡起来，单棵单棵捡，捡一棵直一次腰。"女人命令道。我奶奶犹豫不决。女人说："捡不捡？不捡我就开枪啦。"她横眉立目，话出口如钢豆落进铜盆里，嘎嘣利落脆。橹子枪在烛光下一蹦一蹦地放光芒。

当时，我爷爷和我奶奶都像丢了魂魄，心里并不怎么害怕，鹘突蒙怔，犹如迸梦。我奶奶弯下身子，一棵棵捡草，捡一棵送到锅台上，又捡一棵送到锅台上，起伏了四五十次，就见透明的羊水从腿间流下来。我爷爷渐渐醒神，炯炯地逼着女人，胸腔间出气粗重。女人侧目对我爷爷嫣然一笑，半个腮花红月圆，低声对我爷爷说："别动！"高声对我奶奶说："快捡！"

我奶奶终于把草捡完，哭着骂一句："妖精！"

女人把橹子枪收起来，高笑几声，说："别误会，我是医生。大哥，你找来刀剪净布，我给大嫂接生。"

我爷爷话都不会说了，以为女人是仙女下凡。急急忙忙找来刀剪杂物，又遵嘱刷锅烧水，锅盖上冒出腾腾蒸气。那女人出去涮净自己衣裤，用力拧干，就在月光中换衣，我爷爷确确看见女人的身体素白如练，一片虔诚，如睹图腾。水烧开，女人换好衣进棚，对我爷爷说："你出去吧。"

我爷爷在月下站着，见半月下银光水面，时有透明岚烟浮游天地间，听着轻清水声，更生出虔诚心来，竟屈膝跪倒，仰头拜祝明月。

呱呱几声叫，从草棚中传来。我父亲出世了，我爷爷满脸挂泪冲进草棚，见那女人正洗着手上血污。

"是个什么？"我爷爷问。

"男孩。"女人说。

我爷爷扑地跪倒，对女人说："大姐，我今生报不了您的恩情，甘愿来世变狗变马为您驱使。"

女人淡淡一笑，身子一歪，已经睡成一个死人。爷爷把她搬上铺，摸摸我奶奶，瞅瞅我父亲，轻飘飘走出窝棚。月亮已上到中天，水里传出大鱼的声音。

我爷爷循着水声去找大鱼，却见一个橙黄色的漂浮物，正一耸一耸地对着土山扑过来。爷爷吓了一跳，蹲下去，仔细地打量，见那物圆圆滑滑，哗哗啦啦撞得水响。愈来愈近，爷爷看到羊羔一样的白色和炭一样的黑色，黑推着白，把水面搅成银鳞玉屑。

我父亲降生后的第一个早晨，秋水包围的土山上很是热闹。草棚里站着我爷爷，躺着我奶奶，睡着我父亲，倚着女医生，蹲着一个黑衣人，坐着一个白衣姑娘。

我爷爷夜里看到的漂浮物是一个釉彩大瓮，瓮里盛着白衣姑娘，黑衣人推着瓮。

黑衣人个子短小，脸上少肉多骨，眼窝很深，白眼如瓷，双耳像扇子一样支棱着。他蹲着，鼻音重浊地说："老弟，有烟吗？我的烟全泡了汤了。"我爷爷摇摇头说："我有半年未闻到烟味了。"黑衣人打了一个呵欠，把脖子伸得很长，如一段黑木桩。在他黑木桩似的脖子上，套着两根黑黑的线绳子，顺着绳子往下看，便见腰里硬硬地别着家伙。黑衣人站起来，伸了个大懒腰，我爷爷眼珠发硬，不转地盯住黑衣人腰里那两支盒子炮，手心里黏黏地渗出汗水。黑衣人低头看看腰，龇出一嘴牙，很凶地一笑，说："兄弟，弄点饭给吃吧，四海之内，都是兄弟朋友。我在水里泡了两夜两天，都是为了她。"

黑衣人指指那个端坐的白衣姑娘。她身躯挺大，却是一张孩子的脸，五官生得靠，鼻梁如一条线，双唇红润小巧，双眼大大的，毫无光彩，从摸摸索索的手上，才知道她是盲人。盲姑娘穿一身白绸衣，怀抱着一个三弦琴，动作迟缓，悠悠飘飘，似梦幻中人。

我爷爷往锅里下了二升米、十条鱼，点上火，让白烟红火从灶口冲出来。黑衣人咳嗽一声，直着腰出了棚，从大瓮里拎出一条口袋，倒出一堆黄铜壳子弹，擦着子弹屁股，一粒粒往梭子里压。

那个自称医生的紫衣女人年纪不会过二十五，她死睡了一夜，这会儿神清气爽，两只手把黑发扭成辫，倚在棚边，冷冷地看着黑衣人的把戏。我爷爷忘不了她那支橹子枪的厉害，眼睛在她腰间巡睃，竟不见一点鼓囊凸出之状。一夜之间，山上出现这样三个人物，杀过人的我爷爷也难免一颗心七上八下，烧着饭，猜着谜。奶奶体软无力，看一会儿，索性闭上眼睛。

紫衣女人款款地走到盲女面前，蹲下去，细声问："妹妹，你从哪里来？"

"你从哪里来……你从哪里来……"盲女重复着紫衣女人的话，忽然开颜一笑，腮上显出两个大大的酒窝来。

"你叫什么名字？"紫衣女人又细声问。

盲女依然不答，脸上显出甜透了的笑容来，仿佛进入了一个幸福美满的遥远世界。

我父亲响亮地哭起来，没有眼泪，也并不睁眼。奶奶把一个棕色奶头塞进他嘴里，哭声随即憋了。偶尔响一声柴草燃烧的噼啪，更使远处的水声深沉神秘。黑衣人全身沐着霞光，脸上脖子上如生了一层红锈。金黄的子弹闪闪烁烁，不时把棚里人的视线吸出去。

紫衣女人姗姗地走出去，到黑衣人身边，脸上露出似乎是羞怯之色，期期艾艾地问："大叔，这是什么？"

黑衣人抬头扫她一眼，狞笑着说："烧火棍。"

"通气吗？"她傻乎乎地问。

黑衣人手停颔扬，目光灼灼如云中电，尖缩的下巴上漾出兽般的笑纹，说："你吹吹看！"

紫衣女人怯生生地说："俺可不敢，吹到嘴里就拔不出来了。"

黑衣人满脸狐疑地看着她，匆匆收好枪弹，站起来，罗圈着腿，慢慢踱回棚里。棚里已溢出鱼饭的香气。

只有两只碗。盛满两碗饭，我爷爷双手端起一碗，敬到紫衣女人面前。我爷爷说："大姐，请用饭。穷家野居，没有好的给您吃。等洪水下去，我再想法谢您。"女人眯起眼，笑着把碗接过去，递给我奶奶，说："大嫂才是最辛苦的，你该去抓些鱼来，煨汤给她吃，鲤鱼补阳，鲫鱼发奶。"我奶奶泪眼婆娑地接过碗，嘴唇抖着，却说不出话，低下头时，将一颗泪珠落在我父亲脸上。我父亲睁开了两只黑眼，懒洋洋地看着光线中浮游的纤尘。

爷爷又端起一碗饭，看了一眼黑衣人，道着歉："大哥，委屈您等一会儿。"爷爷把碗往紫衣女人面前送。黑衣人从半空中伸出一只手，把饭碗托了过去，脸上透出冷笑来。爷爷压住不快，把懊恼变成咳嗽，一顿一顿地吐出来。

黑衣人抢过饭碗，自己并不吃。他蹲在盲女面前，左手端碗，右手持筷，挑起饭来，一坨一坨地往盲女嘴里捣。盲女双手搂着三弦琴，脖子伸得舒展，下巴微扬，像待哺的雏燕。她一边吃，一边用手指拨弄着琴弦卜嘚咚卜嘚咚地响。

连喂了盲女两碗饭，黑衣人微微气喘。举起衣袖给盲女擦净嘴，他转过身，把碗扔到紫衣女人面前，说："小姐，该您啦。"紫衣女人说："也许该让你先吃。"黑衣人说："无功无德，后吃也罢。"紫衣女人说："你当心走了火。"

爷爷对黑衣人讲紫衣女人昨晚的事，意在让他明白些事理。黑衣人冷笑不止。爷爷问："你笑什么？你以为我在骗你？"黑衣人敛容答道："怎么敢！不过，也没有什么稀奇，人来世上走一遭，多多少少都有些绝活。"爷爷说："我就没绝活。"黑衣人说："有的，你会有的。没有绝活，你何必在这莽荡草洼里混世。"

黑衣人说着话，见有几匹大鼠闻到饭味，在棚外探头探脑。他嘴不停话，手伸进腰间，拖出一支盒子炮，叭叭两声脆响，枪口冒出蓝烟，棚内溢开火药味，有两匹鼠涂在棚口，白的红的溅了一圈。我奶奶惊得把碗扔了，我爷爷也瞠目。紫衣女人青眼逼视黑衣人。我父亲鼾鼾地睡觉。盲女卜嘡咚卜嘡咚地弹着弦子。我爷爷发作起来，吼道："你这人好没道理！"黑衣人大笑起来，摇摇晃晃起身，站在锅前，用一柄锅铲子挖着饭，旁若无人地吃起来。吃饱，半句客气话也没有，弯腰拍拍盲女的头，牵了她一只手，踉跄着出门去。把盲女安顿在阳光下晒着，从腰里拖出双枪，玩笑般射着土山周围水面上那些嬉戏觅食的大鸟。他每发必中，水面上很快浮起十几具鸟尸，红血一圈圈地散漫。群鸟惊飞，飞到极高极远处，仍有中弹者直直地坠落，砸红一块水面。

紫衣女人脸色灰白，渐渐地逼近了黑衣人。黑衣人不睬她，黑脸对着阳光，泛出钢铁颜色。他似念似唱，和着白衣盲女卜嘡咚卜嘡咚的弦子："绿蚂蚱。紫蟋蟀。红蜻蜓。白老鸹。蓝燕子。黄鹎鸰。""你一定是大名鼎鼎的老七！"紫衣女人说。"我不是老七。"黑衣人瞥她一眼，说。"不是老七哪有这等神枪？"黑衣人把双枪插进腰间，举起十指健全的双手说："你看看，我是老七吗？"他往水里射去一口痰，有小鱼儿飞快围上去。"干女儿，接着我唱的往下唱呀，"他对白衣盲女说，"唱呀，白老鸹。蓝燕子。黄鹎鸰——"

　　盲女微微笑，唱起来，童音犹存，天真动人："绿蚂蚱吃绿草梗。红蜻蜓吃红虫虫。紫蟋蟀吃紫荞麦。"

　　"你是说，老七七个指头？"紫衣女人问。

　　黑衣人说："七个指头是老七，十个指头不是老七。"

　　"白老鸹吃紫蟋蟀。蓝燕子吃绿蚂蚱。黄鹂鸽吃红蜻蜓。"

　　"你这样好枪法，在高密县要数第一。""我不如老七，老七能枪打飞蝇，我不能。""老七呢？""被我除了。"

　　"绿蚂蚱吃白老鸹。紫蟋蟀吃蓝燕子。红蜻蜓吃黄鹂鸽。"

　　阳光落满了土山。水鸟逃窜后，水面辉煌宁静，那些半淹的小栗树一动不动。紫衣女人搓搓手，不知从什么地方闪电般跳进手里一支橹子枪，对准黑衣人就搂了火，子弹打进黑衣人的胸腔。他一头栽倒，慢慢地翻过身，露出一个愉快的笑脸："……侄女……好样的……你跟你娘像一个模子脱的……"紫衣女人哭叫着："你为什么要害死我爹？"黑衣人用力抬起一个手指，指着白衣盲女，喉咙里响了一声，便垂手扑地，脑袋侧在地上。

　　来了一只黑毛大公鸡，伸着脖子叫："哽哽哽——
喔——"盲女还在弹着弦子唱。

　　洪水开始落了。


　　我很小的时候，爷爷教给我一支儿歌：


　　　　绿蚂蚱。紫蟋蟀。红蜻蜓。

　　　　白老鸹。蓝燕子。黄鹌鸪。

　　　　绿蚂蚱吃绿草梗。红蜻蜓吃红虫虫。

　　　　紫蟋蟀吃紫荞麦。

　　　　白老鸹吃紫蟋蟀。蓝燕子吃绿蚂蚱。

　　　　黄鹌鸪吃红蜻蜓。

　　　　绿蚂蚱吃白老鸹。紫蟋蟀吃蓝燕子。

　　　　红蜻蜓吃黄鹌鸪。

　　　　来了一只大公鸡，伸着脖子叫"哽哽哽——

　　　　喔——"


　　（一九八五年四月，初刊于当年《奔流》第八期）

# 白 狗 秋 千 架

　　高密东北乡原产白色温驯的大狗，绵延数代之后，很难再见一匹纯种。现在，那儿家家养的多是一些杂狗，偶有一只白色的，也总是在身体的某一部位生出杂毛，显出混血的痕迹来。但只要这杂毛的面积在整个狗体的面积中占的比例不大，又不是在特别显眼的部位，大家也就习惯地以"白狗"称之，并不去循名求实，过分地挑毛病。有一匹全身皆白、只黑了两只前爪的白狗，垂头丧气地从故乡小河上那座颓败的石桥上走过来时，我正在桥头下的石阶上捧着清清的河水洗脸。农历七月末，低洼的高密东北乡燠热难挨，我从县城通往乡镇的公共汽车里钻出来，汗水已浸透衣服，脖子和脸上落满了黄黄的尘土。洗完脖子和脸，又很想脱得一丝不挂跳进河里去，但看到与石桥连接的褐色田间路上，远远地有人在走动，也就罢了这念头，站起来，用未婚妻赠送的系列手绢中的一条揩着脸和颈。时间已过午，太阳略偏西，一阵阵东南风吹过来。凉爽温和的东南风让人极舒服，让高粱梢头轻轻摇摆，飒飒作响，让一条越走越大的白狗毛儿耸起，尾巴轻摇。它近了，我看到了它的两个黑爪子。

那条黑爪子白狗走到桥头，停住脚，回头望望土路，又抬起下巴望望我，用那两只浑浊的狗眼。狗眼里的神色遥远荒凉，含有一种模糊的暗示，这遥远荒凉的暗示唤起内心深处一种迷蒙的感受。

求学离开家乡后，父母亲也搬迁到外省我哥哥处居住，故乡无亲人，我也就不再回来。一晃就是十年，距离不短也不长。暑假前，父亲到我任教的学院来看我，说起故乡事，不由感慨系之。他希望我能回去看看，我说工作忙，脱不开身，父亲不以为然地摇摇头。父亲走了，我心里总觉不安。终于下了决心，割断丝丝缕缕，回来了。

白狗又回头望褐色的土路，又仰脸看我，狗眼依然浑浊。我看着它那两个黑爪子，惊讶地要回忆点什么时，它却缩进鲜红的舌头，对着我叫了两声。接着，它蹲在桥头的石桩上，跷起一条后腿，习惯性地撒尿。完事后，竟也沿着我下桥头的路，慢慢地挪下来，站在我身边，尾巴夹拉进腿间，伸出舌头，一下一下地舔着水。

它似乎在等人，显出一副喝水并非因为口渴的消闲样子。河水中映出狗脸上那种漠然的表情，水底的游鱼不断从狗脸上穿过。狗和鱼都不怕我，我确凿地嗅到狗腥气和鱼腥气，甚至产生一脚踢它进水中抓鱼的恶劣想法。又想还是"狗道"些吧，而这时，狗卷起尾巴，抬起脸，冷冷地瞅我一眼，一步步走上桥头去。我看到它把颈上的毛耸了耸，激动不安地向来路跑去。土路两边是大片的穗子灰绿的高粱。飘着纯白云朵的小小蓝天，罩着板块相连的原野。我走上桥头，拎起旅行袋，想急急过桥去，这儿离我的村庄还有十二里路吧，来前没给村里的人们打招呼，早早赶进去，也好让人家方便食宿。正想着，就看到白狗小跑步开路，从路边的高粱地里，领出一个背着大捆高粱叶子的人来。

我在农村滚了近二十年，自然晓得这高粱叶子是牛马的上等饲料，也知道褪掉晒米时高粱的老叶子，不大影响高粱的产量。远远地看着一大捆高粱叶子蹒跚地移过来，心里为之沉重。我很清楚暑天里钻进密不透风的高粱地里打叶子的滋味，汗水遍身胸口发闷是不必说了，最苦的还是叶子上的细毛与你汗淋淋的皮肤接触。我为自己轻松地叹了一口气。渐渐地看清了驮着高粱叶子弯曲着走过来的人。蓝褂子，黑裤子，乌脚杆子黄胶鞋，要不是垂着的发，我是不大可能看出她是个女人的，尽管她一出现就离我很近。她的头与地面平行着，脖子探出很长。是为了减轻肩头的痛苦吧？她用一只手按着搭在肩头的背棍的下头，另一只手从颈后绕过去，把着背棍的上头。阳光照着她的颈子上和头皮上亮晶晶的汗水。高粱叶子葱绿，新鲜。她一步步挪着，终于上了桥。桥的宽度跟她背上的草捆差不多，我退到白狗适才留下记号的桥头石旁站定，看着它和她过桥。

我恍然觉得白狗和她之间有一条看不见的线，白狗紧一步慢一步地颠着，这条线也松松紧紧地牵着。走到我面前时，它又瞥着我，用那双遥远的狗眼。狗眼里那种模糊的暗示在一瞬间变得异常清晰，它那两只黑爪子一下子撕破了我心头的迷雾，让我马上想到她。她的低垂的头从我身边滑过去，短促的喘息声和扑鼻的汗酸永留在我的感觉里。猛地把背上沉重的高粱叶子摔掉，她把身体缓缓舒展开。那一大捆叶子在她身后，差不多齐着她的胸乳。我看到叶子捆与她身体接触的地方，明显地凹进去，特别着力的部位，是湿漉漉揉烂了的叶子。

我知道，她身体上揉烂了高粱叶子的那些部位，现在一定非常舒服；站在漾着清凉水汽的桥头上，让田野里的风吹拂着，她一定体会到了轻松和满足。轻松，满足，是构成幸福的要素，对此，在逝去的岁月里，我是有体会的。

她挺直腰板后，暂时地像失去了知觉。脸上的灰垢显出了汗水的道道。生动的嘴巴张着，吐出一口口长长的气。鼻梁挺秀如一管葱。脸色黝黑。牙齿洁白。

故乡出漂亮女人，历代都有选进宫廷的。现在也有几个在京城里演电影的，这几个人我见过，也就是那么个样，比她强不了许多。如果她不是破了相，没准儿早成了大演员。十几年前，她婷婷如一枝花，双目皎皎如星。

"暖！"我喊了一声。

她用左眼盯着我看，眼白上布满血丝，看起来很恶。

"暖，小姑！"我注解性地又喊了一声。

我今年二十九，她小我两岁，分别十年，变化很大，要不是秋千架上的失误给她留下的残疾，我不会敢认她。白狗也专注地打量着我，算一算，它竟有十二岁，应该是匹老狗了。我没想到它居然还活着，看起来还蛮健康。那年端午节，它只有篮球般大，父亲从县城里我舅爷家把它抱来。十二年前，纯种白狗已近绝迹，连这种有小缺陷、大致还可以称为白狗的也很难求了。舅爷是以养狗谋利的人，父亲把它抱回来，不会不依仗着老外甥对舅舅放无赖的招数。在杂种花狗充斥乡村的时候，父亲抱回来它，引起众人的称羡，也有出三十块钱高价来买的，当然被婉言回绝了。即便是那时的农村，在我们高密东北乡这种荒僻地方，还是有不少乐趣，养狗当如是解。只要不逢大天灾，一般都能足食，所以狗类得以繁衍。

我十九岁、暖十七岁那一年，白狗四个月的时候，一队队解放军，一辆辆军车，从北边过来，络绎不绝过石桥。我们中学在桥头旁边扎起席棚给解放军烧茶水，学生宣传队在席棚边上敲锣打鼓，唱歌跳舞。桥很窄，第一辆大卡车悬着半边轮子，小心翼翼开过去了。第二辆的后轮压断了一块桥石，翻到了河里，车上载的锅碗瓢盆砸碎了不少，满河里漂着油花子。一群战士跳下河，把司机从驾驶楼里拖出来，水淋淋地抬到岸上。几个穿白大褂的军人围上去。一个戴白手套的人，手举着耳机子，大声地喊叫。我和暖是宣传队的骨干，忘了歌唱鼓噪，直着眼看热闹。后来，过来几个很大的首长，跟我们学校里的贫下中农代表郭麻子大爷握手，跟我们校革委刘主任握手，戴好手套，又对着我们挥挥手。然后，一溜儿站在那儿，看着队伍继续过河。郭麻子大爷让我吹笛，刘主任让暖唱歌。暖问："唱什么？"刘主任说："唱《看见你们格外亲》。"于是，就吹就唱。战士们一行行踏着桥过河，汽车一辆辆涉水过河。（小河里的水呀清悠悠，庄稼盖满了沟）车头激起雪白的浪花，车后留下黄色的浊流。（解放军进山来，帮助咱们闹秋收）大卡车过完后，两辆小吉普车也呆头呆脑下了河。一辆飞速过河，溅起五六米高的雪浪花；一辆一头钻进水里，嘤嘤怪叫着被淹死了，从河水中冒出一股青烟。（拉起了家常话，多少往事涌上心头）"糟糕！"一个首长说。另一个首长说："他妈的笨蛋！让王猴子派人把车抬上去。"（吃的是一锅饭，点的是一灯油）很快地就有几十个解放军在河水中推那辆撒了气的吉普车，解放军都是穿着军装下了河，河水仅仅没膝，但他们都湿到胸口，湿后变深了颜色的军衣紧贴在身上，显出了肥的瘦的腿和臀。（你们是俺们的亲骨肉，你们是俺们的贴心人）那几个穿白大褂的人把那个水淋淋的司机抬上一辆涂着红十字的汽车。（党的恩情说不尽，见到你们总觉得格外亲）首长们转过身来，看样子准备过桥去，我提着笛子，暖张着口，怔怔地看着首长。一个戴着黑边眼镜的首长对着我们点点头，说："唱得不错，吹得也不错。"郭麻子大爷说："首长们辛苦了。孩子们胡吹瞎咧咧，别见笑。"他摸出一包烟，拆开，很恭敬地敬过去，首长们客气地谢绝了。一辆轱辘很多的车停在河对岸，几个战士跳上去，扔下几盘粗大的钢丝绳和一些白色的木棒。戴黑边眼镜的首长对身边一个年轻英俊的军官说："蔡队长，你们宣传队送一些乐器呀之类的给他们。"

　　队伍过了河，分散到各村去。师部住在我们村。那些日子就像过年一样，全村人都激动。从我家厢房里扯出了几十根电话线，伸展到四面八方去。英俊的蔡队长带着一群吹拉弹唱的文艺兵住在暖家。我天天去玩，和蔡队长混得很熟。蔡队长让暖唱歌给他听。他是个高大的青年，头发蓬松着，眉毛高挑着。暖唱歌时，他低着头拼命抽烟，我看到他的耳朵轻轻地抖动着。他说暖条件不错，很不错，可惜缺乏名师指导。他说我也很有发展前途。他很喜欢我家那只黑爪子小白狗，父亲知道后，马上要送给他，他没要。队伍要开拔那天，我爹和暖的爹一块儿来了，央求蔡队长把我和暖带走，蔡队长说，回去跟首长汇报一下，年底征兵时就把我们征去。临别时，蔡队长送我一本《笛子演奏法》，送暖一本《怎样演唱革命歌曲》。

"小姑，"我发窘地说，"你不认识我了吗？"

我们村是杂姓庄子，张王李杜，四面八方凑起来的，各种辈分的排列，有点乱七八糟，姑姑嫁给侄子，侄子拐跑婶婶的事时有发生，只要年龄相仿，也就没人嗤笑。我称暖为小姑是从小惯成的叫法，并无一点血缘骨肉的情分在内。十几年前，当把"暖"与"小姑"含混着乱叫一通时，是别有一番滋味在心头的。这一别十年，都老大不小，虽还是那样叫着，但已经无滋味了。

"小姑，难道你真的不认识我了吗？"说完这句话，我马上谴责了自己的迟钝。她的脸上，早已是凄凉的景色了。汗水依然浸洇着，将一绺干枯的头发粘到腮边。黝黑的脸上透出灰白来。左眼里有明亮的水光闪烁。右边没有眼，没有泪，深深凹进去的眼眶里，栽着一排乱纷纷的黑睫毛。我的心拳拳着，实在不忍看那凹陷，便故意把目光散了，瞄着她委婉的眉毛和在半天阳光下因汗湿而闪亮的头发。她左腮上的肌肉联动着眼眶的睫毛和眶上的眉毛，微微地抽搐着，造成了一种凄凉古怪的表情。别人看见她不会动心，我看见她无法不动心……

　　十几年前那个晚上，我跑到你家对你说："小姑，打秋千的人都散了，走，我们去打个痛快。"你说："我打盹呢。"我说："别拿一把啦！寒食节过了八天啦，队里明天就要拆秋千架用木头。今早晨车把式对队长嘟哝，嫌把大车绳当秋千绳用，都快磨断了。"你打了一个呵欠，说："那就去吧。"白狗长成一个半大狗了，细筋细骨，比小时候难看。它跟在我们身后，月亮照着它的毛，它的毛闪烁银光，秋千架竖在场院边上，两根立木，一根横木，两个铁吊环，两根粗绳，一个木踏板。秋千架，默立在月光下，阴森森，像个鬼门关。架后不远是场院沟，沟里生着绵亘不断的刺槐树丛，尖尖又坚硬的刺针上，挑着青灰色的月亮。

　　"我坐着，你荡我。"你说。

　　"我把你荡到天上去。"

　　"带上白狗。"

　　"你别想花花点子了。"

　　你把白狗叫过来，你说："白狗，让你也恣悠恣悠。"

　　你一只手扶住绳子，一只手揽住白狗，它委屈地嘤嘤着。我站在跳板上，用双腿夹住你和狗，一下一下用力，秋千渐渐有了惯性。我们渐渐升高，月光动荡如水，耳边习习生风，我有点头晕。你咯咯地笑着，白狗呜呜地叫着，终于悠平了横梁。我眼前交替出现田野和河流，房屋和坟丘，凉风拂面来，凉风拂面去。我低头看着你的眼睛，问："小姑，好不好？"

你说："好，上了天啦。"

绳子断了。我落在秋千架下，你和白狗飞到刺槐丛中去，一根槐针扎进了你的右眼。白狗从树丛中钻出来，在秋千架下醉酒般地转着圈，秋千把它晃晕了……

"这些年……过得还不错吧？"我嗫嚅着。

我看到她耸起的双肩塌了下来，脸上紧张的肌肉也一下子松弛了。也许是因为生理补偿或是因为努力劳作而变得极大的左眼里，突然射出了冷冰冰的光线，刺得我浑身不自在。

"怎么会错呢？有饭吃，有衣穿，有男人，有孩子，除了缺一只眼，什么都不缺，这不就是'不错'吗？"她很泼地说着。

我一时语塞了，想了半天，竟说："我留在母校任教了，据说，就要提我为讲师了……我很想家，不但想家乡的人，还想家乡的小河，石桥，田野，田野里的红高粱，清新的空气，婉转的鸟啼……趁着放暑假，我就回来啦。"

"有什么好想的，这破地方。想这破桥？高粱地里像他妈×的蒸笼一样，快把人蒸熟了。"她说着，沿着慢坡走下桥，站着把那件泛着白碱花的男式蓝制服褂子脱下来，扔在身边石头上，弯下腰去洗脸洗脖子。她上身只穿一件肥大的圆领汗衫，衫上已烂出密麻麻的小洞。它曾经是白色的，现在是灰色的。汗衫扎进裤腰里，一根打着卷的白绷带束着她的裤子，她再也不看我，撩着水洗脸洗脖子洗胳膊。最后，她旁若无人地把汗衫下摆从裤腰里拽出来，撩起来，掬水洗胸膛。汗衫很快就湿了，紧贴在肥大下垂的乳房上。看着那两个物件，我很淡地想，这个那个的，也不过是这么回事。正像乡下孩子们唱的：没结婚是金奶子，结了婚是银奶子，生了孩子是狗奶子。我于是问："几个孩子了？"

"三个。"她拢拢头发，扯着汗衫抖了抖，又重新塞进裤腰里去。

"不是说只准生一胎吗？"

"我也没生二胎。"见我不解，她又冷冷地解释，"一胎生了三个，吐噜吐噜，像下狗一样。"

我缺乏诚实地笑着。她拎起蓝上衣，在膝盖上抽打几下，穿到身上去，从下往上扣着纽扣。趴在草捆旁边的白狗也站起来，抖擞着毛，伸着懒腰。

我说："你可真能干。"

"不能干有什么法子？该遭多少罪都是一定的，想躲也躲不开。"

"男孩女孩都有吧？"

"全是公的。"

"你可真是好福气，多子多福。"

"豆腐！"

"这还是那条狗吧？"

"活不了几天啦。"

"一晃就是十几年。"

"再一晃就该死啦。"

"可不，"我渐渐有些烦恼起来，对坐在草捆旁的白狗说，"这条老狗，还挺能活！"

"噢，兴你们活就不兴我们活？吃米的要活，吃糠的也要活；高级的要活，低级的也要活。"

"你怎么成了这样？"我说，"谁是高级？谁是低级？"

"你不就挺高级的吗？大学讲师！"

我面红耳热，讷讷无言，一时觉得难以忍受这窝囊气，搜寻着刻薄词儿想反讥，又一想，罢了。我提起旅行袋，干瘪地笑着，说："我可能住到我八叔家，你有空就来耍吧。"

"我嫁到了王家丘子，你知道吗？"

"你不说我不知道。"

"知道不知道的，没有大景色了。"她平平地说，"要是不嫌你小姑人模狗样的，就抽空来耍吧，进村打听'个眼暖'家，没有不知道的。"

"小姑，真想不到成了这样……"

"这就是命，人的命，天管定，胡思乱想不中用。"她款款地从桥下上来，站在草捆前说，"行行好吧，帮我把草掀到肩上。"

我心里立刻热得不行，勇敢地说："我帮你背回去吧！"

"不敢用！"说着，她在草捆前跪下，把背棍放在肩头，说，"起吧。"

我转到她背后，抓住捆绳，用力上提，借着这股劲儿，她站了起来。

她的身体又弯曲起来，为了背得舒适一点，她用力地颠了几下背上的草捆，高粱叶子沙沙啦啦地响着。从很低的地方传上来她瓮声瓮气的话："来耍吧。"

白狗对我吠叫几声，跑到前边去了。我久久地立在桥头上，看着这一大捆高粱叶子正缓慢地往北移动，一直到白狗变成了白点，人和草捆变成了比白点大的黑点，我才转身往南走。

从桥头到王家丘子七里路。

从桥头到我们村十二里路。

从我们村到王家丘子十九里路，八叔让我骑车去。我说算了吧，十几里路走着去就行。八叔说：现在富了，自行车家家有，不是前几年啦，全村只有一辆半辆车子，要借也不容易，稀罕物儿谁愿借呢。我说我知道富了，看到了自行车满街筒子乱窜，但我不想骑车，当了几年知识分子，当出几套痔疮，还是走路好。八叔说：念书可见也不是件太好的事，七病八灾不说，人还疯疯癫癫的。你说你去她家干子，瞎的瞎，哑的哑，也不怕村里人笑话你。鱼找鱼，虾找虾，不要低了自己的身份啊！我说八叔我不和您争执，我扔了二十数三十的人啦，心里有数。八叔悻悻地忙自己的事去了，不来管我。

我很希望能在桥头上再碰到她和白狗，如果再有那么一大捆高粱叶子，我豁出命去也要帮她背回家；白狗和她，都会成为可能的向导，把我引导到她家里去。城里都到了人人关注时装、个个追赶时髦的时代了，故乡的人，却对我的牛仔裤投过鄙夷的目光，弄得我很狼狈。于是解释：处理货，三块六毛钱一条——其实我花了二十五块钱，既然便宜，村里的人们也就原谅了我。王家丘子的村民们是不知道我的裤子便宜的，碰不到她和狗，只好进村再问路，难免招人注意。如此想着，就更加希望碰到她，或者白狗。但毕竟落了空。一过石桥，看到太阳很红地从高粱棵里冒出来，河里躺着一根粗大的红光柱，鲜艳地染遍了河水。太阳红得有些古怪，周围似乎还环绕着一些黑气，大概是要落雨了吧。

我撑着折叠伞，在一阵倾斜的疏雨中进了村。一个仄楞着肩膀的老女人正在横穿街道，风翻动着长大的衣襟，风使她摇摇摆摆。我收起伞，提着，迎上去问路。"大娘，暖家在哪儿住？"她斜斜地站定，困惑地转动着昏暗的眼。风通过花白的头发，翻动的衣襟，柔软的树木，表现出自己来；雨点太如铜钱，疏可跑马，间或有一滴打到她的脸上。"暖家在哪儿住？"我又问。"哪个暖家？"她问。我只好说："个眼暖家。"老女人阴沉地瞥我一眼，抬起胳膊，指着街道旁边一排蓝瓦房。

站在甬道上我大声喊："暖姑在家吗？"

最先应了我的喊叫的，是那条黑爪子老白狗。它不像那些围着你腾跃咆哮，仗着人势在窝里横咬不死你，也要吓死你的恶狗，它安安稳稳地趴在檐下铺了干草的狗窝里，眯缝着狗眼，象征性地叫着，充分显示出良种白狗温良宽厚的品质来。

我又喊，暖在屋里很脆地答应了一声，出来迎接我的却是一个满腮黄胡子两只黄眼珠的剽悍男子。他用土黄色的眼珠子恶狠狠地打量着我，在我那条牛仔裤上停住目光，嘴巴歪歪地撇起，脸上显出疯狂的表情。他向前跨一步——我慌忙退一步——他翘起右手的小拇指头，在我眼前急遽地晃动着，口里发出一大串断断续续的音节。我虽然从八叔的口里，知道了暖姑的丈夫是个哑巴，但见了真人狂状，心里仍然立刻沉甸甸的。独眼嫁哑巴，弯刀对着瓢切菜，按说也并不委屈着哪一个，可我心里仍然立刻就沉甸甸的。

暖姑，那时我们想得美。蔡队长走了，把很大的希望留给我们。他走那天，你直视着他，流出的泪水都是给他的。蔡队长脸色灰白，从衣袋里摸出一把牛角小梳子递给你。我也哭了，我说："蔡队长，我们等你来招我们。"蔡队长说："等着吧。"等到高粱通红了的深秋，听说县城里有招兵的解放军，咱俩兴奋得觉都睡不稳了。学校里有老师进县城办事，我们托他去人武部打听一下，看看蔡队长来没来。老师去了。老师回来了。
老师对我们说，今年来招兵的解放军一律黄褂蓝裤，空
军地勤兵，不是蔡队长那部分。我失望了，你充满信心
地对我说："蔡队长不会骗我们！"我说："人家早就把
这码事忘了。"你爹也说："给你们个棒槌，你们就当
了针。他是把你们当小孩哄怂着玩哩，好人不当兵，好
铁不打钉，混混毕了业，回家来拉弯弯铁，别净想俏事
儿。"你说："他可没把我当小孩子。他决不把我当小
孩子。"说着，你的脸上浮起浓艳的红色。你爹说：
"能得你。"我惊诧地看着你变色的脸，看着你脸上那
种隐隐约约的特异表情，语无伦次地说："也许，他今
年不来后年来，后年不来大后年来。"蔡队长可真是个
仪表堂堂的美男子啊！他四肢修长，面部线条冷峭，胡
楂子总刮得青白。后来，你坦率地对我说，他在临走前
一个晚上，抱着你的头，轻轻地亲了一下。你说他亲完
后呻吟着说：小妹妹，你真纯洁……为此我心中有过无
名的恼怒。你说："当了兵，我就嫁给他。"我说："别
做美梦了！倒贴上二百斤猪肉，蔡队长也不会要你。"
"他不要我，我再嫁给你。""我不要！"我大声叫着。
你白我一眼，说："烧得你不轻！"现在回想起来，你
那时就很有点样子了，你那花蕾般的胸脯，经常让我

心跳。

　　哑巴显然瞧不起我，他用翘起的小拇指表示着对我的轻蔑和憎恶。我堆起满脸笑，想争取他的友谊，他却把双手的指头交叉在一起，弄出很怪的形状，举到我的面前。我从少年时代的恶作剧中积累起来的知识里，找到了这种手势的低级下流的答案，心里顿时产生了手捧癞蛤蟆的感觉。我甚至都想抽身逃走了，却见三个同样相貌、同样装束的光头小男孩从屋里滚出来，站在门口，用同样的土黄色小眼珠瞅着我，头一律往右倾，像三只羽毛未丰、性情暴躁的小公鸡。孩子的脸显得很老相，额上都有抬头纹，下腭骨阔大结实，全都微微地颤抖着。我急忙掏出糖来，对他们说："请吃糖。"哑巴立即对他们挥挥手，嘴里蹦出几个简单的音节。男孩们眼巴巴地瞅着我手中花花绿绿的糖块，不敢动一动。我想走过去，哑巴挡在我面前，蛮横地挥舞着胳膊，口里发着令人发怵的怪叫。

　　暖把双手交叠在腹部，步履略有些跟跄地走出屋来。我很快明白了她迟迟不出屋的原因，干净的阴丹士林蓝布褂子，褶儿很挺的灰的确良裤子，显然都是刚换的。士林蓝布和用士林蓝布缝成的李铁梅式褂子久不见了，乍一见心中便有一种怀旧的情绪快快而生。穿这种裈子的胸部丰硕的少妇别有风韵。暖是脖子挺拔的女人，脸型也很清雅。她右眼眶里装进了假眼，面部恢复了平衡。我的心为她良苦的心感到忧伤，我用低调观察着人生，心弦纤细如丝，明察秋毫，并自然地战栗。不能细看那眼睛，它没有生命，它浑浊地闪着磁光。她发现了我在注视她，便低了头，绕过哑巴走到我面前，摘下我肩上的挎包，说："进屋去吧。"

哑巴猛地把她拽开，怒气冲冲的样子，眼睛里像要出电。他指指我的裤子，又翘起小拇指，晃动着，嘴里啾啾叫着，五官都在动作，忽而挤成一撮，忽而大开大裂，脸上表情生动可怖。最后，他把一口唾沫啐在地上，用骨节很大的脚踩了踩。哑巴对我的憎恶看来是与牛仔裤有直接关系的，我后悔穿这条裤子回故乡，我决心回村就找八叔一条肥腰裤子换上。

"小姑，你看，大哥不认识我。"我尴尬地说。

她推了哑巴一把，指指我，翘翘大拇指，又指指我们村庄的方向，指指我的手，指指我口袋里的钢笔和我胸前的校徽，比划出写字的动作，又比划出一本方方正正的书，又伸出大拇指，指指天空。她脸上的表情丰富多彩。哑巴稍一愣，马上消失了全身的锋芒，目光温顺得像个大孩子。他犬吠般地笑着，张着大嘴，露出一口黄色的板牙。他用手掌拍拍我的心窝，然后，跺脚，吼叫，脸憋得通红。我完全理解了他的意思，感动得不行。我为自己赢得了哑兄弟的信任感到浑身的轻松。那三个男孩子躲躲闪闪地凑上来，目不转睛地看着我手中的糖。

我说："来呀！"

男孩们抬起眼看看他们的父亲。哑巴嘿嘿一笑，孩子们就敏捷地蹿上来，把我手中的糖抢走了。为争夺掉在地上的一块糖，三颗光脑袋挤在一起攒动着。哑巴看着他们笑。暖发出一声轻轻的叹息，她说：

"你什么都看到了，笑话死俺吧。"

"小姑……我怎么敢……他们都很可爱……"

哑巴敏感地看着我，笑笑，转过身去，用大脚板几下子就把厮缠在一起的三个男孩踢开。男孩们咻咻地喘着气，汹汹地对视着。我摸出所有的糖，均匀地分成三份，递给他们，哑巴嗷嗷地叫着，对着男孩打手势。男孩都把手藏到背后去，一步步往后退。哑巴更响地嗷了一阵，男孩便抽搐着脸，每人拿出一块糖，放在父亲关节粗大的手里，然后呼嚓一声，消逝得无影无踪。哑巴把三块糖托着，笨拙地看了一会儿，就转眼对着我。嘴里啊啊手比划。我不懂，求援地看着暖。暖说："他说他早就知道你的大名，你从北京带来的高级糖，他要吃块尝尝。"我做了一个往嘴里扔食物的姿势。他笑了，仔细地剥开糖纸，把糖扔进口里去，嚼着，歪着头，仿佛在聆听什么。他又一次伸出大拇指，我这次完全明白他是在夸奖糖的高级了。很快地他又吃了第二块糖。我对暖说，下次回来，一定带些真正的高级糖给大哥吃。暖说："你还能再来吗？"我说一定来。

哑巴吃完第二块糖，略一想，把手中那块糖递到暖的面前。暖闭眼，"嗷——"哑巴吼了一声。我心里抖着，见他又把手往暖眼前伸，暖闭眼，摇了摇头。"嗷——嗷——"哑巴愤怒地吼叫着，左手揪住暖的头发，往后扯着，使她的脸仰起来，右手把那块糖送到自己嘴边，用牙齿撕掉糖纸，两个手指捏着那块沾着他黏黏的口涎的糖，硬塞进她的嘴里去。她的嘴不算小，但被他那两根小黄瓜一样的手指比得很小。他乌黑的粗手指使她的双唇显得玲珑娇嫩。在他的大手下，那张脸变得单薄脆弱。

她含着那块糖，不吐也不嚼，脸上表情平淡如死水。哑巴为了自己的胜利，对着我得意地笑。

她含混地说："进屋吧，我们多傻，就这么在风里站着。"我目光巡睃着院子，她说："你看什么？那是头大草驴，又踢又咬，生人不敢近身，在他手里老老实实的。春上他又去买那头牛，才下了犊一个月。"

她家院子里有个大敞棚，敞棚里养着驴和牛。牛极瘦，腿下有一头肥滚滚的牛犊在吃奶，它蹬着后腿、摇着尾巴，不时用头撞击母牛的乳房，母牛痛苦地弓起背，眼睛里闪着幽幽的蓝光。

哑巴是海量，一瓶浓烈的"诸城白干"，他喝了十分之九，我喝了十分之一。他面不改色，我头晕乎乎。他又开了一瓶酒，为我斟满杯，双手举杯过头敬我。我生怕伤了这个朋友的心，便抱着电灯泡捣蒜的决心，接过酒来干了。怕他再敬，便装出不能支持的样子，歪在被子上。他兴奋得脸通红，对着暖比划，暖和他对着比划一阵，轻声对我说："你别和他比，你十个也醉不过他一个。你千万不要喝醉。"她用力盯了我一眼。我翘起大拇指，指指他，翘起小拇指，指指自己。于是撤去酒，端上饺子来。我说："小姑，一起吃吧。"暖征得哑巴同意，三个男孩便爬上炕，挤在一簇，狼吞虎咽。暖站在炕下，端饭倒水伺候我们，让她吃，她说肚子难受，不想吃。

饭后，风停云散，狠毒的日头灼灼地在正南挂着。

暖从柜子里拿出一块黄布，指指三个孩子，对哑巴比划着东北方向。哑巴点点头。暖对我说："你歇一会儿吧，我到乡镇去给孩子们裁几件衣服。不要等我，过了晌你就走。"她狠狠地看我一眼，挟起包袱，一溜风走出院子，白狗伸着舌头跟在她身后。

哑巴与我对面坐着，只要一碰上我的目光，他就咧开嘴笑。三个小男孩闹了一阵，侧歪在炕上睡了，他们几乎是同时入睡。太阳一出来，立刻便感到热，蝉在外面树上聒噪着。哑巴脱掉褂子，裸出上身发达的肌肉，闻着他身上挥发出来的野兽般的气息，我害怕，我无聊。哑巴紧密地眨巴着眼，双手搓着胸膛，搓下一条条鼠屎般的灰泥。他还不时地伸出蜥蜴般灵活的舌头舔着厚厚的嘴唇。我感到恶心、燥热，心里想起桥下粼粼的绿水。阳光透过窗户，晒着我穿牛仔裤的腿。我抬腕看表。"噢噢噢！"哑巴喊着，跳下炕，从抽屉里摸出块电子手表给我看。我看着他脸上祈望的神情，便不诚实地用小拇指点点我腕上的表，用大拇指点点他的电子表。他果然非常地高兴起来，把电子手表套在右手腕子上，我指指他的左手腕子，他迷惘地摇摇头。我笑了一下。

"好热的天。今年庄稼长得挺好。秋天收晚田。你养的那头驴很有气度。三中全会后，农民生活大大提高了。大哥富起来了，该去买台电视机。'诸城白干'到底是老牌子，劲冲。"

"噢噢，噢噢。"他脸上充满幸福感，用并拢的手摸摸头皮，比比脖子。我惊愕地想，他要砍掉谁的脑袋吗？他见我不解，很着急，手哆嗦着。"噢噢噢，噢噢噢！"他用手指着自己的右眼，又摸头皮，手顺着头皮往下滑，到脖颈处，停住。我明白了。他要说暖什么事给我知道。我点点头。他摸摸自己两个黑乎乎的乳头，指指孩子，又摸摸肚子。我似懂非懂，摇摇头。他焦急地蹲起来，调动起几乎全部的形体向我传达信息，我用力地点着头，我想应该学学哑语。最后，我满脸挂汗向他告辞，这没有什么难理解的，他脸上显出孩子般的真情来，拍拍我的心，又拍拍自己的心。我干脆大声说："大哥，我们是好兄弟！"他三巴掌打起三个男孩来，让他们带着眵目糊给我送行。在门口，我从挎包里摸出那把自动折叠伞送他，并教他使用方法。他如获至宝，举着伞，弹开，收拢，收拢，弹开，翻来覆去地弄。三个男孩仰脸看着忽开忽合的伞，腭骨又索索地抖起来。我戳了他一下，指指南去的路。"噢噢。"他叫着，摆摆手，飞步跑回家去。他拿出一把拃多长的刀子，拨开牛角刀鞘，举到我的面前。刀刃上寒光闪闪，看得出来是件利物。他踮起脚，拽下门口杨树上一根拇指粗细的树枝来，用刀去削，树枝一节节落在地上。

他把刀子塞到我的挎包里。

走着路，我想，他虽然哑，但仍不失为一条有性格的男子汉，暖姑嫁给他，想必也不会有太多的苦头吃，不能说话，日久天长习惯之后，凭借手势和眼神，也可以拆除生理缺陷造成的交流障碍。我种种软弱的想法，也许是犯着杞人忧天倾的毛病了。走到桥头间，已不去想她的事，只想跳进河里洗个澡。路上清静无人。上午下那点雨，早就蒸发掉了，地上是一层灰黄的尘土。路两边窸窣着油亮的高粱叶子，蝗虫在蓬草间飞动，闪烁着粉红的内翅，翅膀剪动空气，发出"喀哒喀哒"的响声。桥下水声泼刺，白狗蹲在桥头。

白狗见到我便鸣叫起来，龇着一嘴雪白的狗牙。我预感到事情的微妙。白狗站起来，向高粱地里走，一边走，一边频频回头鸣叫，好像是召唤着我。脑子里浮现出侦探小说里的一些情节，横着心跟狗走，并把手伸进挎包里，紧紧地握着哑巴送我的利刃。分开茂密的高粱钻进去，看到她坐在那儿，小包袱放在身边。她压倒了一边高粱，辟出了一块空间，四周的高粱壁立着，如同屏风。看我进来，她从包袱里抽出黄布，展开在压倒的高粱上。一大片斑驳的暗影在她脸上晃动着。白狗趴到一边去，把头伏在平伸的前爪上，"哈哒哈哒"地喘气。

我浑身发紧发冷，牙齿打战，下腭僵硬，嘴巴笨拙："你……不是去乡镇了吗？怎么跑到这里来……"

"我信了命。"一道明亮的眼泪在她的腮上汩汩地流着，她说，"我对白狗说，'狗呀，狗，你要是懂我的心，就去桥头上给我领来他，他要是能来就是我们的缘分未断'，它把你给我领来啦。"

"你快回家去吧。"我从挎包里摸出刀，说，"他把刀都给了我。"

"你一走就是十年，寻思着这辈子见不着你了。你还没结婚？还没结婚。……你也看到他啦，就那样，要亲能把你亲死，要揍能把你揍死……我随便和哪个男人说句话，就招他怀疑，也恨不得用绳拴起我来。闷得我整天和白狗说话，狗呀，自从我瞎了眼，你就跟着我，你比我老得还要快。嫁给他第二年上，怀了孕，肚子像吹气球一样胀起来，临分娩时，路都走不动了，站着望不到自己的脚尖。一胎生了三个儿子，四斤多重一个，瘦得像一堆猫。要哭一齐哭，要吃一齐吃，只有两个奶子，轮着班吃，吃不到的就哭。那二年，我差点瘫了。孩子落了草，就一直悬着心，老天，别让他们像他爹，让他们一个个开口说话……他们七八个月时，我心就凉了。那情景不对呀，一个个又呆又聋，哭起来像擀饼柱子不会拐弯。我祷告着，天啊，天！别让俺一窝都哑了呀，哪怕有一个响巴，和我作伴说说话……到底还是全哑巴了……"

我深深地垂下头，嗫嚅着："姑……小姑……都怨我，那年，要不是我拉你去打秋千……"

"没有你的事，想来想去还是怨我自己。那年，我对你说，蔡队长亲过我的头……要是我胆儿大，硬去队伍上找他，他就会收留我，他是真心实意地喜欢我。后来就在秋千架上出了事。你上学后给我写信，我故意不回信。我想，我已经破了相，配不上你了，只叫一人寒，不叫二人单，想想我真傻。你说实话，要是我当时提出要嫁给你，你会要我吗？"

我看着她狂放的脸，感动地说："一定会要的，一定会。"

"好你……你也该明白……怕你厌恶，我装上了假眼。我正在期上……我要个会说话的孩子……你答应了就是救了我了，你不答应就是害死了我了。有一千条理由，有一万个借口，你都不要对我说。"

……

（一九八五年四月）

# 老　枪

　　他用失去食指的右手把枪从右肩上摘下来时，一片金色的阳光罩住了他。太阳沿着一道平滑的弧线飞快地下落，田野里回荡着间歇错落的落潮般声响和时疏时密的荒凉气息。他小心翼翼地把枪放在生着斑驳铜钱绿苔的地上。落枪时看着潮湿的地面，心里感到很难受。这支长苗子紫木托土枪，弯弯曲曲地躺在湿漉漉的地上，夕阳照着枪旁一穗失落的高粱。高粱生出一大簇细密柔软的嫩黄色苗芽子。高粱苗芽把自己的影子投到幽黑的枪管和紫红的枪托上，枪管和枪托都变了颜色。他在解下腰间卡腰火药葫芦的同时，脱下了那件黑色的夹袄，露出了上身粗大的骨骼。他用夹袄把枪和火药葫芦包起来，放好，走上前三步，倾着身，伸出沐着沉重阳光的双臂，去搬动那一大丛高粱秸秆中的一捆。

秋天发了大水，数万亩涝洼地如海洋，高粱在水中擎着暗红色的头，一队队老鼠在高粱头上蹿跳着，如同灵活的飞鸟。收获高粱时，水齐到胸口，人们蹚着水，用筏子把高粱穗子运出去，从天而降的红翅鲤鱼和黑脊草鱼在生着绿色气根的高粱秸秆间横冲直撞，翠绿的鱼狗不时钻到水里去，又叼着银亮的小鱼从水里钻出来。八月，大水渐渐退了，露出了布满烂泥的道路，低凹处仍有水，形成了一个个大大小小的水汪子。砍下的高粱秸运不回去，就从水中拖出来，放在道路上或是水汪子边缘的高地上。美丽的阳光照着低洼原野，方圆几十里很少有村庄，一个个水汪子闪着亮，高粱丛好像炮楼群。

他背着明亮温暖的太阳和一个潲水的大洼子，把一捆捆高粱秸拖出来，在水汪子边缘上，垒成了一个四四方方半人高的掩体。他抱着枪跳进掩体坐下来，头顶齐着掩体的上沿，外边看不到他，但他从留下的洞眼里能清楚地看到这水汪子和水汪子中间那一块孤岛般的泥渚，也能看到玫瑰色的天空和棕色的大地。天显得很低，阳光红红的涂满水面，水汪子明亮辉煌地伸展进朦胧的暮色里去，边缘跳动着针刺样的光芒，像一圈温暖的睫毛。汪子中间那块现在变成了浅蓝色的泥渚上，一蓬蓬水草苍黄地肃立着。这块在四周流光包围中的泥渚似乎在轻轻漂动，四周越朦胧，积水越明亮，泥渚的漂动感越强，他感到它漂过来了，漂过来了，离他只有几步路，纵身就可跳过去。泥渚上还没有它们，他惶惑不安地再次望望天，想，是时候了，它们该来了。

他也不知道它们是从哪里来的。那天，拖了一下午高粱秸，队长说放工，几十个人便摇曳着长长的影子往家走，他跑到这儿来方便，突然看到了它们。当时，他感到好像被人打了一个窝心拳，心脏歇了一会儿才重跳。一大片落在泥渚上的野鸭子晃花了他的眼。一连十几个晚上，他都躲在高粱丛中观察它们，他看到它们总是在傍晚这时辰，嘎嘎地叫着，仿佛从天外飞来。降落前，它们很优雅地在汪子上空盘旋着，像一大团忽舒忽卷的灰绿云。它们拨弄着气流向泥渚降落时，每次都让他激动不已。他还从来没有发现有这么多的野鸭子集中在这么小的土地上，从来没有。

它们该来了还不来，还不来呢还是就不来了呢？他感到紧张，他甚至怀疑自己过去看到的是幻影，他一直不太相信这里竟会有这样一大群野鸭子。他听村里老人们多次讲过神鸭的故事，故事里的神鸭都是纯白的，但这群野鸭不是纯白的。头和颈上有着明丽的绿羽，脖子上围着白环，翅膀像两面蓝镜子，它们是公鸭子吧？遍体黄褐色，并点缀着暗褐色的斑点，它们是母鸭子吧？它们绝不是神鸭，它们在泥渚上留下了一片又一片绿色和褐色的小羽毛。看着羽毛，他沉沉地放下心，坐下，拎起包着枪和药葫芦的裢子，抖抖披起，立刻又暴露出弯弯曲曲的枪和油汪汪的卡腰葫芦。枪安稳平静地躺在秫秸上，枪身泛着暗红色的油光，这颜色很像铁锈，它曾经几度布满红锈，红锈把枪身咬得坑坑凹凹。但现在它没有锈，他用了两张砂纸把红锈打磨光了。它弯弯曲曲地躺着，如同一条冬眠的青蛇，他觉得它随时都会醒过来，飞起来，用钢铁的尾巴抽打得高粱秸秆噼噼地响。他伸手去摸枪的时候，第一个感觉是指尖冰冷，冷感上侵至胸肋，使他良久觳觫。太阳更快地下沉着，一边下沉一边变形，它变扁变平，好像一个半流质的球体落在平滑钢板上似的弯曲变形。它的下面是平面，那些呈球弧的表面异常紧张，终于蹭了稀，汹涌的冰冷的红色流质曲曲折折地向四面八方流淌。水洼子宁静入玄，艳红的汁液从水面上慢慢下渗，水的下层红稠如汤汁，表面却是一层无色透明水，极亮极眩目。他忽然看到的竟是一只吊在一棵挺拔枯草上的金环蜻蜓，蜻蜓的巨大眼睛如两颗紫珍珠，左一转右一转地折射着光线。

他抓过枪,平放在腿上,枪身沿着腿与腹形成的直角伸到后面去,枪口在他的下巴下斜睨着南方浅薄灰白的天空。他从口袋里摸出一个细长的量管,揭开药葫芦的盖,往量管里装药。他把量管里的药倒进枪筒里,立刻就有很流畅的声音从枪口里发出来,接着,他从一个小铁盒里捏着一撮铁砂子塞进枪口,枪筒里有清脆的声音发出来。这时他从枪管下抽出长长的枪探子,用那疙瘩状的圆头,捣着枪筒里的火药和铁砂。他的心不规则地跳着,他战战兢兢,好像给一只睡眼朦胧的老虎搔痒。把三管火药三撮铁砂装进枪筒后,心里感到冷冰冰,额上有密密的冷汗渗出来。手哆嗦着,掏出早就准备好的棉絮团,把枪口堵了。这时他感到非常饿,浑身松软。顺手从地上撕掳出一条草根来,捋捋泥土,放进嘴里嚼着。嚼着草,感到更饿,这时,就听到水汪子上方的天空中,响起了翅膀扇动空气的呼啸声。他必须立即完成最后一项准备工作,给枪装上一个引火帽。他把那翘着尾巴的枪机扳得仰起头来,露出了一个与枪筒相连的乳头状凸出物。凸出物的上部是一个圆圆的凹槽,凹槽中间有一个细细的洞眼。他仔细地剥开几层纸,把一个金黄色的引火帽按进凹槽里。引火帽里是黄色火药,只要枪机啄一下火帽,火帽就会爆炸,引燃枪筒里

的火药，那时候，就会有一条火蛇从枪口奔出去，火蛇
先细后粗，最后如一把铁扫帚。一切都是因为这支枪那
么长久地挂在他家那堵像涂了黑釉子一样的山墙上，他
无师自通地顿悟了这支枪的奥秘，他前天把红锈斑斑的
枪摘下来擦洗时，竟感到十分熟练。

野鸭子来了。起初它们在百米高的空中扑扑棱棱地
旋转着，忽高忽低，聚成一团，后来却一哄而散，从不
同的方向扎到下边来，紧贴着通红透亮的水面飞翔。他
跪起来，屏住呼吸，死死地盯着那一圈圈紫绛色光晕。
他轻轻地把枪筒从高粱秸的缝隙中探出去，心怦怦地狂
跳着。野鸭群还在团团旋转，圈子忽大忽小，仿佛连水
汪子都跟着它们旋转。有时候，几只绿毛公鸭几乎要碰
到他的枪口，他看到了它们明亮狡猾的黑眼睛和嫩绿色
的嘴巴。太阳更大更扁，边缘发了黑，中间一点却如烧
化了的铁，在窸窣地迸溅着火花。

鸭子忽然大叫起来，公鸭"嘎嘎嘎"，母鸭"嘎嘎
嘎"，连成一大片。他兴奋得嘴唇都抖起来，他知道，
它们就要降落了。连续十几天来，他仔细地观察着它
们，知道它们鸣叫之后就要降落。从天空中出现它们的
影子到现在，也不过是几分钟的光景，但他感觉到已过
去很长很长时间，他的肠胃剧烈痉挛，他又一次感到

饿。它们到底落下了，接近地面上，突然伸出绛紫色的腿，翅膀平伸开，雪白的尾巴像张开的羽扇，急促落地后，惯性使它们踉跄两三步。棕色的泥渚突然间变了颜色，花花绿绿的鸭羽上闪烁着无数个变色的太阳，鸭群载着阳光，穿梭般蹒跚着。

他悄悄地抬起枪来，枪托抵到肩头，枪口对准了那一群越聚越紧的野鸭。太阳又缺了一块，已经歪七扭八不成模样。野鸭子有的趴下去，有的站着，有的低飞一下又落下来。他想，是时候，该开枪了，但他没有开枪。他用手去摸索扳机时，突然感到极大的不方便，他痛苦地想到了自己的食指。它缺了两节，只剩下最后一节，像一根树桩子一样疤扭着蹲在中指和拇指之间。

那时候，他只有六岁，娘给爹送殡回来，穿一件白布大褂，腰里扎一根麻辫子，披散着头发，眼皮肿得透明，眼睛变得又细又长，射出了两道水汪汪阴森森的目光。娘叫着他的名字说："大锁，你过来。"他畏畏缩缩地走过去。娘一把抓住他的手，哽咽了两声，像吞咽硬物似的抻了抻脖子，说："大锁，你爹死了，你知道吗？"他点点头，听着娘又说："你爹死了，死了就活不了了，你知道吗？"他迷惘地看着娘，用力点着头。"你知道你爹是怎么死的吗？"娘说，"你爹是让这支枪打死的，这支枪是你奶奶传下来的。你再也不要动它，我把它挂在墙上，你要天天看着它，看着它你就要想着你爹，你要好好念书，混出个人样来，给祖宗争口气。"他听着娘的话，感到似懂非懂，只是用力点着头。

那支枪就挂在屋里的山墙上，山墙被几十年的烟熏得乌黑发亮。他天天看到那支枪。后来他从一年级升到二年级，每天晚上，娘都在山墙上挂一盏煤油灯，照着他，让他看书。他一看到书上的黑字就头晕，他一直想着这支枪，一直想着这支枪的故事。荒凉原野里的风从窗棂里灌进来，推拉着毛笔头儿一样的油灯火苗，火苗上端摇曳着一股黑烟。他似乎在盯着书，却一直感觉到这支枪的灵性，他甚至听到了枪在咯咯吱吱响。他像见到蛇一样，既想看它又怕看它。它挂在那儿，枪苗子冲下枪托子冲上，枪身上发出阴郁的黑色光芒。那个装火药的卡腰葫芦挂在枪的一侧，与枪交叠在一起，葫芦的细腰压着枪机，葫芦是金红色的，大头朝下小头朝上。枪和葫芦挂得那样高，挂得那样漂亮。古老的山墙上挂着古老的枪和古老的葫芦，搅得他心神不宁。有一天晚上，他踩着高板凳把枪和葫芦摘下来，放在灯下端详着。提着沉重的枪，他感到心里痛楚难忍。就在这时候，娘从另一间屋里走过来。娘还不到四十岁，头发已经花白，娘说："锁儿，你在干什么？"他一手提枪一手提葫芦愣在那儿。娘问："你在学校里考第几？"他说："倒数第二。"娘说："你好不争气！你把枪挂起来！"他执拗地说："不，我要去杀——"娘对准他的嘴打了一巴掌，说："挂起它来。你只有好好念书，记着吧。"他挂好枪，娘到灶上去拿来一把菜刀，平静地说："你伸出食指来。"他顺从地伸出食指。娘把他的食指按到炕沿上，他惊恐不安地扭动着身子，娘说："别动。"娘说："你要记住，不要动那枪。"她举起菜刀，菜刀闪着寒光落下来，他感到一阵猛烈的震颤从指尖传导到肩头，脊椎紧张地弓起来。鲜血缓慢地从断指上渗出来。娘哭着，用一把生石灰给他止住了血……

看着半节残指，他鼻子发酸。有多少日子没吃过肉了？记不清啦。他清清楚楚地记得自己吃过的肉。好像从来没有吃够过一次肉。那天看到肥胖的野鸭，马上又想到肉。马上又想到枪，娘为了枪剁掉他一截手指，想起来就浑身起鸡皮疙瘩。到底是摘下了枪，在昨天下午。枪身上落着铜钱厚的灰尘，四面八方联结着蛛网。牛皮的枪带已被虫子咬烂了，一动就断了。葫芦里还有很多火药，他倒出药来晒，发现了金黄色的一颗引火帽。兴奋得手抖，拿着引火帽，唯一的一颗，马上想到爹，感到运气好，现在到哪里去弄这种引火帽呢……我没钱，我有钱也弄不到肉票；我笨，我不笨也捞不到上学，上了学又有什么用？看着断指，他安慰着自己。娘只剁去了他一个指尖，后来伤口化脓，又烂去了一节，才成了这个样子。想着往事，他对这群羽毛丰满的野鸭充满了仇恨，我要打死你们，非把你们全打死不可！我要吃你们，连你们的骨头都嚼烂咽下去。他想，它们的骨头一定又脆又香。他把中指伸进扳机圈。

他还是没扣扳机。因为，又一群野鸭从空中盘旋着落下来，也如一团旋转的彩云。泥渚上的野鸭全乱了，有的在地上跺脚，有的飞起来，不知是对同类的到来表示欢迎还是表示愤怒。他懊恼地看着乱纷纷的鸭群，轻轻地把枪抽了回来。太阳变成了尖尖的红薯形状，射出绿幽幽和紫灿灿的光线。那只金环蜻蜓被野鸭惊动，贴着水面飞过来，落在了他的掩体上。它用六只足抱住一个高粱叶，把长长的箍着金环的尾巴垂下来。他看到蜻蜓眼睛上那两个明亮的光点。鸭群渐渐收拢，平静，被鸭足点破的水面渐渐向四周扩散着同心圆，圆与圆碰撞，挤起一道道皱褶。

两群鸭合成了一群。他想，要是有一张大网，迅疾地罩过去……但是他知道自己没有网，他只有枪。他小心地摘下引火帽，拨开堵枪的棉絮团，又往枪口里倒了三次火药三次铁砂……又一次瞄着鸭群，他心里充满着古老的嗜血欲望，是这样一大群鸭，是这样一根细细的枪管……他再次悄悄退回，又将两筒药装进枪口，枪管差一点就要满了，他堵了枪口，托起枪来时，感到了枪的重量。抖抖的中指按住扳机，击发的一瞬间，他闭了一下眼。

枪机响了一声，机头啄在金黄色的引火帽上，枪未响。水汪子的圈子似乎在逐渐收缩，游荡于天地间的紫气愈来愈浓，红色愈来愈淡，水面亮度不减，但逐渐深邃起来。鸭子拥挤在一起，显得那么厚实、漂亮、温暖。鸭毛平软光洁绚丽，它们似乎都在用狡黠的眼睛轻蔑地盯着他的枪口，似乎在嘲笑他的无能。他取下引火帽，看了一下机头在火帽上留下的痕迹。鸭群里漾出了腥热的气息，鸭身相摩发出光滑柔软的声音。他把引火帽重新安进去，他不相信竟然有这等事，爹，奶奶，不都是一次击发成了功吗？爹死去有十几年了，但爹的故事还在村里流传着。他依稀记得爹个子很高，脸上凸凸凹凹，腮上有黄色的胡子。

　　爹的故事已被村里人传神了，他一闭眼就能看到一幅幅画面。起初是在一条通往田野的灰白土路上，爹扛着一架沉重的木耧去播种高粱，前前后后走着头颅沉重的农民。路旁有桑树，桑叶长得如铜钱大。有鸟鸣声。路边的草很绿。路沟里水不浅，浅黄色的水草上漂着青蛙卵块。耧杆压着爹的脖子，爹呼哧呼哧地喘着粗气。斜刺里钻出一辆自行车撞在爹身上，爹趔趄了几步没有倒，那辆自行车却倒了。爹慌忙放下耧，把自行车扶起来，又扶起骑车人。那人五短身材，走起路来膝盖处吱吱悠悠地响。爹恭敬地说：柳公安员。柳公安员说：瞎了你的狗眼。爹说：是瞎了狗眼，您别生气。柳：你敢骂我？狗娘养的王八蛋！爹：公安员，是您撞到了我身上。柳：放你娘的狗臭屁！爹：您别骂人，是您撞到我身上的。柳：××××。爹：您不讲理。旧社会有些好官也是讲理的。柳：噢，你是说新社会不如旧社会？爹：我没这样说。柳：反革命！响马种！我崩了你！柳公安员从腰里掏出一杆盒子枪，用黑洞洞的枪口对准爹的胸口。爹：我不够死罪。柳：四舍五入，够了。爹：那你就崩吧。柳：我没带子弹。爹：滚你妈的蛋！柳：

我不敢崩你还不敢揍你？

柳公安员飞快地向前一纵身，膝盖咯吱咯吱响着，那杆盒子枪长长的枪苗子直戳到爹的鼻梁上。慢慢地从爹的鼻子里渗出了黑血。农民们上前拉走爹，年纪大的给柳公安员赔着不是。柳公安员悻悻地说：饶你这一次。爹站在一边，用指头擦下鼻血，举起来，仔细地看着。柳：叫你知道老子的厉害。爹：乡亲们，大家都看到了，要为我作证。（用力擦两把脸，满脸是血。）老柳，我操你八辈子祖宗。

爹一步步逼上前去，老柳举着枪，高声叫：再走我就开枪啦。爹：你那枪不通气。爹用力抓住老柳的手腕，把枪夺出来，狠狠地扔进沟里去，溅起很高的浪花。爹捏着老柳的脖颈子，前后搡了几下，对准他的屁股轻轻地踹了一脚，柳公安员一头扎进水沟里，屁股冲天，头钻进淤泥里，双腿响亮地拍打着水。众人脸上失色，有的慢慢后退，有的下沟把公安员拽上来。一老人对爹说：大侄子，快跑了吧！爹说，四叔，咱爷们黄泉路上再相见。爹大摇大摆地回家去了。

柳公安员被人拔出来，像个孩子一样嘤嘤地哭，哭着，央告着众人给他摸枪，十几个人下了沟，把一沟水都摸浑了，也没摸上枪来。

　　爹从落满灰尘的梁头上摸下一个长长的油纸包，从包里解出一支弯弯曲曲的长枪。他的眼里盈满明亮的泪水。娘吃惊地问：家里还有枪？爹说：你不是听说过俺娘打死俺爹的事吗？就是用这支枪。娘吓得眼神都散了，说：快把它扔了。爹说：不。娘说：你要干什么？爹说：杀人。爹又找出一个卡腰葫芦和一个铁皮盒，熟练地往枪里装药装铁砂。爹说：你要让大锁好好念书。让他天天看着这枪，只兴看不兴动。你记住了吗？娘说：你疯了吗？爹用枪指着娘：回去！

　　爹走进梨园。梨花如雪。爹把枪口冲下挂在树上，又用一根细麻绳缚住枪机，然后仰在地上，用嘴含住枪口。他睁着眼，看着金黄色蜜蜂，用力一拉麻绳。梨花像雪片一样纷纷扬扬地落下来。几只蜜蜂掉下来，死了。


　　他又击发了一次，枪依然不响。他沮丧地坐下来。太阳像根油条一样横躺在地平线上，颜色也如油条的焦黄。水汪子缩得更小了，原野的边缘越来越模糊，已经看见了半块白色的月亮。在远处一蓬水草的茎上，有几个虫子在闪烁着绿色的光芒。鸭子把嘴插进翅膀里，嘲笑地望着他。它们离他是这样近，天愈暗它们离得愈近。他的肚子里热辣辣地难受，无数流油的熟鸭在他眼前飞动。他又连续扣动了十几次扳机，引火帽被机头啄得变了形，嵌在凹槽里拿不出来。他绝望了，像被剔了骨头一样歪在掩体上，高粱秸秆哗哗地响着。野鸭对他发出的声响不理不睬，不飞不叫，像一堆斑驳的卵石。太阳消失了，天地间的红丝绿线也跟着消失，显出灰白的原色来。蟋蟀和油铃子启动翅膀，发出持续不断互相渗透的叫声。他仰望着苜蓿花色的天穹，几乎要哭起来。他侧目看着枪，对它也充满了仇恨。就是这支破枪吗？这支丑陋不堪的破枪真有那么玄乎的经历吗？

王老卡编起古来可真是活灵活现，全村的老老少少都愿意听他。王老卡说：

民国年间，咱这儿三县都不管，土匪多如牛毛，男男女女都好强使气，杀人好似切个西瓜。你们听说过大锁他奶奶的事吗？大锁的爷爷是个赌钱鬼，全仗着老婆过日子，那小媳妇——大锁他奶奶能耐大着呢，一个妇道人家白手起家，扑腾了三年，就置了几十亩地，买了两匹大马。大锁他奶奶长得俊呀，号称"盖八庄"哩。她一双小脚尖溜溜，齐额刘海像一道青丝门帘儿。为了看家护院，她花了一石二斗麦子换了一支枪。这支枪，

长长的苗子，紫红色的木托儿。听说，半夜三更枪机子
吱吱地叫呢。她背着这杆枪，骑着高头大马，到荒地里
去打狐狸，那枪法准着哩，专打狐狸的屁股眼。后来，
她生了一场大病，发烧七七四十九天，趁着这机会，大
锁他爷狂嫖滥赌，输光了地，又输了两匹大马。赢家去
拉马时，锁他奶奶正在炕上紧一口慢一口地喘气。锁他
爹那会儿五六岁的光景，看着有人来牵马，就喊：娘，
有人拉马！听了这话，锁他奶奶一个滚下了炕，从墙上
摘下枪，一步步挨到院子当中，喊一声：无端拉马为哪
桩？两个拉马的汉子早知道这女人的厉害，就说：你男
人把马输给我家掌柜的了。她说：既是这么样，那就麻
烦两个弟兄把我男人找来，我跟他说句话。锁他爷爷
名"三涛"，怕老婆，躲在门外不敢进来，听到喊，也
草鸡不了了，就硬着头皮充好汉，进了院，挺着胸说：
好热的天。锁他奶奶笑着说：你把马输了？三涛说：输
了。她说：输了马还输什么？三涛说：输你。她说：好
一个三涛！咱无冤无仇不结夫妻，嫁给你也是我的福
气。你输了我的马，输了我的地，我大病四十九天，你
连水也没给我倒一碗。你还要输我，与其让你输我，不
如让我先输了你。三涛，明年今日，我领着孩子给你去
烧纸圆坟。只听得咕咚一声响，院子里通红一片火

光……爷爷死了……

他听到这故事时，爹还活着。他向爹打听枪的下落，爹怒吼一声："滚到一边去！"

那半块月亮放出光明来，萤火虫悠闲地飞舞着，在他脸上画出一道道绿色的弧线。水汪子呈现出幽暗晦涩的钢灰色。天还没有黑透，他还能看到金环蜻蜓微绿的大眼。虫鸣声一阵紧似一阵，凝滞着湿气一团团升起来。他不再看那群鸭子了，他想着鸭子，又一次感到肠胃痉挛得厉害。那个全身捆扎死鸭的猎人形象和骑马挎枪的女豪杰重叠在一起，也和那个被梨花埋住了的刚骨男人重叠在一起。

太阳总算熄灭了。西天边上只留下了一抹浅黄的温暖。半块月亮在西南仰角，洒下水一样的柔情来。水汪里升腾起的雾如一丛丛灌木，在雾的间隙里，忽隐忽现着野鸭，汪子里有大鱼泼水的声音。他如醉如痴地站起来，活动着麻木僵硬的关节。系上葫芦，背起枪，跨出掩体。为什么会打不响呢？他把枪甩下来，用手托着看，月亮照着枪，泛起蓝光。你怎么就不响呢？他想着，把枪机扳起，随随便便勾了一下。

沉闷钝重的爆炸声使秋天的原野上滚动起波浪，一团红光照亮了水汪子，照亮了野鸭子。铁块木屑四处飞溅着，野鸭子惊飞起来。他缓缓倒地，用着极大的劲想睁开眼，他似乎看到鸭子如石块般飘飘地坠在身边，坠在身上，堆成大丘，直压得他呼吸不畅。

（一九八五年四月）

# 断　　手

　　槐花大放，通乡镇的十里土路北侧那数千亩河滩林子里，扑出来一团团沉重的闷香。林子里除了槐就是桑，老春初夏，槐绿桑青，桑肥槐瘦。太阳刚冒红时，林子里很静，一只孤独的布谷鸟叫起来，声音传得远而长。林子背后是条河，河里流水拥挤流动时发出的响声穿过疏林土路，漫到路外扬花授粉的麦田里。一个穿军衣的黝黑青年站在土路上，对着那河滩林子里的一片槐树喊了一声：

　　"小媜！"

　　立刻就有一个红褂绿裤的大闺女从雪白的槐林中钻出来，黝黑青年用左手抻抻去了领章的军衣，又正正摘了帽徽的军帽，看着出现在面前的红绿大闺女。她把一头乌油油的发用一条白色小手绢系着，飘飘洒洒洋溢着风情，柳眼梅腮上凝着星星点点的羞涩。

　　"你躲躲闪闪的干什么呀？"他大声说着，用手摸摸胸前那两个红黄的徽章。闺女往后退一步，将身子半掩在槐林里，红了脸，说："你别大声嚷嚷好不好？""怕谁呢？""不怕谁，不愿意让人看见，你也不是不知道村里人那些臭嘴。""让他们说去，早晚也得让人知道。""苏社，咱俩可是什么事也没有！"她吊着眼说。"有什么事呢？今日登记，明日结婚，后日生孩子，有什么事呢？"他潇洒地说着。"谁跟你去登记？你这样胡说我就不跟你一道儿走了。""我不说了还不行？你还挺能拿架。"他用左手从口袋里提出一支烟，插进嘴里。用左手摸出一盒火柴，夹在右胳膊弯子里。用左手食指捅开火柴盒。用左手食指和拇指捏出一根火柴——小媞上前两步，右手从他左手里拔出火柴，左手从他右胳膊弯里抓过火柴盒。她点着火，烧着他嘴里的烟，水汪汪的眼看着他的脸说："非要抽？"他举起右胳膊，衣袖匆匆滑下去，露出了——他的手没了——疤结的手腕。他阴沉沉地说："当兵的，靠口烟撑着架子，那次打穿插，跑了两天两夜，干粮袋，水壶，全他妈的丢光了，到了集合点，一个个都瘫了。连长指导员副连长副指导员，还有一排长二排长三排长四排长，一人拿出一盒烟，全连分遍了，点上抽着，山坡上像烧窑一样，这才缓过劲来。紧接着眼见着敌人就上来了，绿压压的像苍蝇一样，我端着一挺轻机枪，来回扫着扇子面，越南鬼子像麦个子一样，横七竖八倒满了山坡……""你说的跟电影上演的一模一样。""电影，电影全是演屁，光坏人死，不死好人，打仗可不一样，我们一连人只剩下七个，还是缺胳膊少腿，打仗，打仗可不是闹着玩的。""别说了，上了路再说。我驮着你。"她从槐林里推出一辆自行车，车上缠满了花花绿绿的塑料纸，"上来吧。""还是我驮着你。"他把烟头吐在地上说。"俺可不敢，你是战斗英雄哩！"她说着，看着他淡淡地笑。他咧咧嘴，也笑了。

土路追着阳光前伸，苏醒的田野里充斥着生机勃勃的声响，一树树槐花从他脸前滑过去，从槐树的褐色树干里，他不时看到桑树的银灰色树干，桑林里响着小女孩和大女人的对话声，也如参差错落的桑槐，一闪就过去了，他渐渐地注意到了她的呼吸，注意到撑出去的双臂和从她腋下望得见的衣服皱褶。她的腰浑圆。槐林里溢出的香气浓浓淡淡，延伸出去断手的右胳膊，揽住了她的腰，他感到她哆嗦了一下。她用力蹬着车子，悄悄地说："你把手拿开。"车子嗖嗖地向前跑着，他用胳膊箍了她一下，说："不。""拿开手。"她扭着腰说。"我没有手！"他说着。"……没有手……也得拿开……求求你……"她带着哭腔说，车把子在她手下歪来扭去，终于钻进槐林里。车前轮撞在槐树上，车子猛一跳，歪倒。从地上爬起来，他和她对望着。他激动得脸色发绿，对着倚在槐树上的她说："动动你怎么啦？封建脑瓜子，你到城里去看看。""苏社，你别逼人……你是英雄，你为国有功，俺知道你好……可你知道人家怎么议论你？""议论我什么？""人家说你是个牛皮匠，说你连前线都没上。"他的脸色随即变灰了，手瑟瑟地抖着，说："谁说的？谁说的？我没上前线？我的手是被狗咬去的？""人家说你用手榴弹砸核桃，砸响了，把手炸掉了。""胡说！那里有核桃吗？那里没核桃。手榴弹放在火里都烧不响，砸核桃能砸响？就算是砸核桃砸响了，那我这些功劳牌子不是我自己铸的吧？""人家说你只得了一块三等的小功劳牌子，那一块是个纪念章。""纪念章你们谁有？谁有？拿出来我看看！"

　　他又重复着复杂的手续点火抽烟，她没帮他，却用肩头一下一下地往后撞着那棵槐树。树叶子和花串儿抖动着，响着。烟从他嘴里愤怒地喷出来。她说："你用不着生气，村里人的话，都是望风捕影地瞎传。我还忘了，你还没吃饭吧？”她把车子扶起来，从车兜里摸出一个小手绢包，他一眼看出包着的鸡蛋，立刻想到饿，听到她说："给你。"

"小媞，你相信他们说的？"他接过手巾包，怯怯地问。

"我当然不信，不过，你也得把尾巴夹一夹。今日去县城，我瞒着俺爹哩。俺爹说：'苏社不是正经人，你要离他远着点。'"

"好啊！你爹！"

"俺爹还说你擎着只断手，吃了东家吃西家，回家两个月了，连地也不下，像个兵痞子。"

"那么你呢，你也这样看我？"

"我对俺爹说，他为国为民落了残废，又是孤身一人，吃几顿饭算什么？"

"你爹怎么回你？"

"他说：'不是那几顿饭！'"

"你爹还说我什么？"

"就这些。"

"小媞，"他想了一下说，"今天我们就去县委，让他们给我安排个工作，你只要同意跟我好，我让他们也

给你安排个工作，咱搬到县城里去住，躲着这些人远
远的。"

"他们能安排你吗？"

"他们敢不安排！老子连手都丢在前线了。"

"我们就走吧。"她眼泪汪汪地说，"你不要动我，
好好坐着，我求求你。"

"好吧，我不动你。"他轻蔑地说，"都八十年代
啦。当兵的，什么世面没见过呀。人都会装正经，打起
仗来，什么羞不羞的，在医院里，女护士给我系腰带，
有个粉红脸儿叫小曹的，是地委书记的女儿呢，人家那
个大方劲，哪像你。"

"你怎么不去找她！"

"你以为我搞不到她？我不愿意呢。我们凯旋着回
来，给我们写信的女大学生成百成千，都把彩色照片寄
来，那信写的，一口一个'最亲爱的人'。"

小媞不说话了，自行车链条打着链瓦，当唧当唧
响。那只不知疲倦的布谷鸟的叫声，渐渐地化在大
气里。

又朦朦胧胧地听到了布谷鸟的叫声。越来越清晰、
单调，离它越来越近。它好像一直没动窝儿，就这么叫
着，太阳高挂东南，田野里暖烘烘的。小媞麻木地蹬着

车子，听着飘浮不定的布谷声，她感到浑身松懈。跳下车，腿脚软得像没了筋骨。槐花的闷香漫上来，她的头微微发晕，支起车子，一手扶树，一手轻提着胸襟抖了几下，她出了一身汗。忽然想起什么似的，她踅着，进了槐林深处。槐树大多是茶碗口粗细，杆茎人头多高，树皮还光滑发亮，树冠不高也不太大，一片又一片的绿叶子承着阳光，闪闪烁烁地跳，槐花串串挂着，家蜂伴着野蜂飞，阳光下交汇着蜂鸣声……她在槐林深处蹲了一会儿，看见与槐林相接的桑林，看见桑林外河中流水泛起的亮光……她往外走，踩着湿润的沙地，沙地上生着一圈圈瘦弱的茅草，还有葛蔓萝藤，黄花地丁。四只拳头大小的褐色野兔，灵活地啃着野菜，见到她来，一哄儿散了，站在半箭之外，斑斑点点地望着她。灰山鹊拖着长长的尾巴，一起一伏地向前跃进。她眼里像蒙着一层雾，南风从树缝里歪歪曲曲地吹过来，钻进了她的身体。她摸出手帕揉揉眼，掐下一串齐着她额头的槐花，用牙齿摘着吃。槐花初入口是甜的，一会儿就尖了味。她心里有点迷糊，便用削肩倚了树，慢慢地下滑，坐下，双腿平伸开，眯着眼，从花叶缝隙里看太阳。太阳是黑的。太阳是白的。太阳是绿的。太阳是红的。几个花瓣从她眼前落下来，老春槐花谢，想着刚才的事，想哭，一低头，就有两颗泪珠落在红褂子上……

路过乡镇时，看到街上热热闹闹，人们走来走去，脸上都带着笑。太阳光下坐着一位面如丝瓜的干老头，守着一个翠绿色的柳条筐，筐里是鲜红的大樱桃，不满。看到大樱桃，苏社用断腕捣了她一下，说："停车。"

樱桃老头半闭着左眼，大睁着右眼，看着苏社。苏社蹲在筐前，问老头："樱桃怎么卖？"

她扶着车子站在一边，看着他的脖子，看着老人的干脸。鲜红的樱桃好像在筐里跳。

"五毛一斤。"老头说。

苏社提起一个樱桃，举着看一会儿，一仰脖子，让樱桃掉进嘴里。他说："真甜。就是太贵了，老头，我是从前线回来的。云南省昆明市樱桃红了半条街，个儿大，水儿旺，才两毛钱一斤。"

"那是云南。"老人说。

"便宜点儿卖不卖？"他又提起一个樱桃，扔进嘴里。

老人用力看着他。

"一毛钱一斤卖不卖？"苏社往口里扔着樱桃说。

"走你的路吧！"

"一毛钱一斤，我全要了你的。"苏社往嘴里扔着樱桃说。

"走吧，苏社。"她在一边说。

樱桃老人脸上渐渐挂了颜色，两只眼全瞪圆。苏社又往樱桃筐里伸手，老人抓住了他的手。

"你干什么，老头？"苏社说，"噢，还不兴尝一尝吗？"

"你爹从来没有教育你。"老人说。

"你怎么开口骂人？"

"你拿一毛钱。"

"我不买。"

"拿一毛钱。"

"老头，真抠门呀！吃你几个破樱桃是瞧得起你。"

"拿一毛钱。"

行人一圈圈围上来，都不说话，表情各异地看着苏社和老人。也有用斜眼瞥一下小媞的，她的脸上泛热，轻轻说："走吧。"

"好吧，算我倒霉！"苏社从兜里抠搜了半天，夹出几个硬币来，扔在地上，"老财迷！"

他站起来。老人一探身，揪住了他的衣角。

"你想动打的吗？老头，我告诉你，动打的你可不是个儿，越南特工队都是练过飞檐走壁的，照样躺在我的枪口下。"

老人揪着他的衣角，不松手也不抬头。

有人说："算了，老人，放他走吧，他刚打仗回来呢。"

有人说："年轻人，你弯弯腰，拾起钱，递到他手里，给他个面子，借着坡，好下驴，他也好做买卖，你也好赶路。"

他弯腰捡起硬币，拍到老头手里，说："老子在前方为你们卖命，身上钻了这多窟窿，吃几个破烂樱桃还要钱。"

"小子，你别走！"老人说着，挽起裤腿来，把一条假腿从膝盖上摘下来，扔在苏社面前，吼一声，"小子，老子在朝鲜吃雪时，你还在你爹腿肚子里转筋呢！"

她从人缝里推车挤出来，上了车，逃命似的回来。

布谷声又响，她不知道是她的耳朵歇了一会儿还是布谷鸟歇了一会儿。

"娘——小野兔！"

她听到桑林里传出一个女孩清脆的喊叫声，便移动着眼往发声处看。她看到紫色的槐树干和灰色的桑树干，高抬眼，又看到满眼婆娑摇风的绿叶白花。

　　"乐乐，好好走，别让树撞着头。"一个女人的声音。

　　"娘，掉下一个小蜜蜂。"

　　"别动啊，被它蜇着！"

　　"它死了。"

　　"蜂死螯子不死哩。"

　　"蚂蚁要拖它。"

　　"别动它。"

　　"蚂蚁拖着它走了。"

　　"别动它们。"

　　她终于看到柔韧的桑枝在空中晃动，几片拳大的桑叶飘然落地，桑枝桑叶间，镶进蓝蓝黑黑的颜色，一个通红的孩子，像小鹿一样跳过去又跳过来。

　　"后生，你别狂，家去摘下那两块牌牌，找块破布包包搁起来，"樱桃老头指着苏社胸前的徽章说，"这种东西我家里有半斤。"

　　苏社咧咧嘴，不明哭笑。一直看着老人安装上假腿，拐起樱桃筐子，咯吱咯吱响着腿走了，众人面面相觑，都没得话说，羞答答地走散。撇下苏社一人戳着，在阳光下晒着满脸白汗珠，好半天才醒过神，转着圈喊小媞，声音又急又赖，像猫叫一样，满街都惊动了，走散的人又定住脚，从四面八方一齐回头看他，使他感到无趣，赶紧溜到墙边，背靠墙站住，心里顿时安定了不少，闭住嘴，腾出眼来找小媞。满街急匆匆走着人，也有自行车在人缝里钻，但都不是小媞。樱桃老头远远地坐在凉粉摊旁柳荫下，沙哑着嗓子喊："樱桃——樱桃——樱桃——"

反复想了还是决定先回村，想必小媞是早回了村。走着与槐林相傍的土路，见无边的麦浪从路南涌上来，到了路边却陡然消失，像马失了前蹄，像潮撞着堤岸。有一家人正给小麦喷药粉，一人背着汽油机，一人拉着长长的蛇皮形喷粉管，像拉鱼一样从麦穗上掠过去，在他们身后，留下一道道烟树。田野辽阔了就显着人少，看不到有多少人干活，庄稼却长得出奇地好。

一辆手扶拖拉机噗噗噗响着，从路上驰来。他想截车，便站到了路边，高高地举起无手的右胳膊。开车的是个戴墨镜的小伙子，坐得梆硬，像焊在拖拉机上的铁铸件，对他的示意连一点反应也没有。拖拉机飞快地开过去，黑烟和尘土把他逼进槐树林里去。

拖拉机走了好远，他才敢从林子里钻出来，沉重的受辱感使他的心一阵阵抽搐，断手的疤也隐隐作痛。也许是今年的第一只蚂蟟在林里干噪地叫起来，他对蚂蟟充满了仇恨，心里想着把它砸成肉酱的情况，人却在路上疲惫不堪地走。路上不断有自行车骑过去，骑车人连多看他一眼也不。他心里阴郁得没有一个亮点，不时地停下，按照动作顺序点火吸烟，终于吸光了烟，捏瘪烟盒，用力掷进树丛里。

　　从树丛里跳出一个红色的女孩，高举着一根桑条，像举着一面旗帜，满头缀着白花，浑身都是香气。"娘，解放军，一个解放军。"女孩喊。

　　"乐乐，慢着点跑，别摔倒磕破鼻子。"一个女人，背着一筐桑叶，从槐林里走出来，直到她放下筐子直起腰时，苏社才看清了她的脸。

　　"这不是苏社大兄弟吗？"女人问，"进城了吗？"

　　"……留嫚姐，"顿了一会儿才想起她的名字，他吭吭哧哧地说，"你采桑叶喂蚕？"

　　留嫚脸红红的，说："乐乐，这是你叔叔，你叔叔是英雄，快叫呀！"

　　女孩怯生生地叫了他一声，就缩到娘背后，偷偷打量着苏社。

　　留嫚用右手摸了一下女孩的头，笑着对苏社说：

"她见了生人就像见了猫的小耗子。"

女孩用两只清澈的眼睛看着他，他心里莫名其妙地感伤起来，他几乎把这个女人忘记了。两个月里，他差不多吃遍了全村，好像也没人提过她的事。正胡乱想着，就听到她说："我早就知道你回来了。你回来全村都高兴，都请你吃饭，你这个穷姐姐不敢去凑热闹，也实在没有什么能拿上桌的东西给你吃。"

他狼狈地笑着，说："我真不好意思，乡亲们尊重错了人。"

"那就是你谦虚了。"

"你嫁到哪村了？"他看着女孩问。

她平静地说："哪儿也没嫁。"

他不再问，指着桑叶筐说："我帮你背着吧。"

"不用。"她说。

她背着桑叶，弯着腰跟他一起走，女孩扯着她的衣角走在一侧。他看着她那条如同虚设的左胳膊，回忆起少年时一些残忍的行为。留嫚生来畸形，她的左臂短、小，像一条丝瓜挂在肩膀上。留嫚上过一年级，他和一些男孩子们经常欺负她，扯着她的残胳膊使劲拧。后来她就不上学了。

"兄弟，该成亲了吧？"她问。

"跟谁成亲？"他苦笑一声，说，"瘸爪子，没人要嫁给我。"

"你这个瘸爪子跟我这个瘸爪子可是不一样，"她愉快地笑着说，"你是光荣的瘸爪子，会有人嫁给你的。"

路很长，越走越累，便一齐住了声，大一步小一步地向前走。终于走到村头，天已正午，满街泛起黄光，她举起头来说："我家就在那儿，老地方。"她用下巴示意了一下，他看了一眼那排紧靠河堤被满村新建青砖红瓦房甩出去的草屋。它孤孤单单地坐在那儿。苏社回忆着在草屋周围曾有过的那一排排同样模样的草屋，心里乱糟糟的。她说："今日正好碰上你，大家都请你吃饭，我也该请。你别嫌弃，跟我走吧，家里正好还有一只被人打坏了脊梁的母鸡，就慰劳了你吧。"两道浑浊的汗水滞缓地在她颊上流，她的嘴略有点歪斜，鼻子两侧生着雀斑。女孩晒得黑黑的，双眼不大但非常明亮。

"留嫚姐，……我还有事，就不去了吧……"

"随你的方便，一个村住着，早晚会请到你。"她爽快地说着，拉着女孩往草屋走，他一直望着她们进了院子。

"小媞！"站在小媞家院门外，他大声喊。院子里静悄悄的，没有人说话，他把眼贴在门缝上，看到了小媞那辆花花绿绿的自行车支在院子里。想走，却又张嘴喊小媞，从门缝里，看到小媞的爹板着脸走过来。

坐在她家炕下的长条凳上，看着她爹紧着嘴抽烟，身上似生了疥疮，坐不安稳，一提一提地耸肩仄屁股，没话找话地说："大伯，小媞还没回来？"老头把烟袋锅子在炕沿上叩着，死声丧气地说："你问我，我问谁！"苏社像打嗝似的顿了一下喉咙，心里顿时冷了。

"媞她娘，拾掇饭吃！"老头喊。

媞她娘从另一间屋里出来，说："急什么，媞出去还没回来。"

"吃了饭要干活！麦子要浇水，要喷药，玉米要除草定苗，你当我是二流子，甩着袖子踉大鞋呀！"

"你看这熊脾气！"媞她娘对苏社说，"你可别见怪。"

媞她娘端上来一盘暄腾腾的馒头，一碗酱腌带鱼，一碟黄酱，一把嫩葱。"大侄子，一块儿吃吧。"她对苏社说。

"你大侄子早在县里吃饱了大鱼大肉，用得着你孝敬！"老头说。

苏社猛地站起来，手伸着，嘴张着，眼瞪着，一副吓人模样，然后他垂臂合嘴耷拉眼皮，脸青一阵白一阵。他慢慢又坐下，手在大腿上摸着，一会儿，缓缓站起来，咬着牙根，一字一顿地说："大伯，吃了你家几顿饭，我牢牢地记住了，你也牢牢地记着吧，我迟早会还你的。"转身他就走了，也不听老头老婆在背后说些什么。走着街，委屈浸涸上来，眼里簌簌地滚出两行泪，怕人看见，想擦，举起右手——马上火气填胸，不擦泪，飞跑回家，仰在炕上，哭着，死死活活地乱想。

哭了一阵，委屈和愤怒渐渐平息，心里恍恍惚惚，宛若在梦中，睁眼看着墙角上轻动着的小蛛网，耳边传来毛驴的叫声，窗外生动着大千世界，并没有什么变乱。于是爬起来，满意地看看村里给盖的新房和备齐的家具，心里又有些感动，饥饿和干渴袭上来，便挑了水桶去井边担水，见着街上的行人，觉得一阵阵脸热，怀着轰轰烈烈的念头与人打招呼，但都是极随便地应一声，并无惊讶之语，于是也就明白了自己。

井台上汪着些浑浊的水，两只黄色的白鸭用黑嘴搅着水，见到有人来，便摇摇摆摆地走到一边去。他从小惯用右手，左手笨拙软弱，连提个空桶都感到吃力。用扁担钩子钩着桶，慢慢往井里顺，整根扁担都进了井，他又大弯着腰，才看到水桶底触破了平静的井水，他的脸随着变成无数碎片，在井里荡漾着。

他别别扭扭地晃动着扁担，他总也打不到水，眼珠子都挤得发了胀，只好把空桶上上下下地提上来，直起腰，手扶着扁担，双眼望着极远的天。

"战斗英雄，打水呀？"一个不比小媞难看的姑娘挑着两只铁皮水桶轻盈地走过来。

他冷冷地瞅她一眼，没有说话，姑娘看着他那只断手，笑容立即从脸上褪去。她放下自己的扁担和桶，走上来拿他的扁担，她说："苏社哥，我来给你打。"

"滚开！"他突然发了怒，大声说，"不用来假充好人。我欠你们的情够多的了，欠不起了。"

姑娘被他抢白得眼泡里汪着泪，说："苏社，俺可是一片好心。"

"好心？他妈的，老子在前方——"他忽然住了嘴，双肩垂下，挂着扁担，面色漠然，好像对着坟墓。

那姑娘匆匆打满两桶水，担起来，一溜歪斜地走了。她再也没有回来。他知道话说过了头，但也不后悔，对着井他垂下头，仔细端详着自己阴暗的脸……

他看到自己头朝下栽到井里，井水沉闷地响着，溅起四散的浪花去冲刷井壁，他挣扎着，身体慢慢下沉，井底冒上来一串串气泡……他漂到了水面上，仰着脸，望着圆圆的蓝天。蓝天里突然镶进了小媞美丽的脸，他笑嘻嘻地面对着她，听到她惊叫起来……全村人都围到了他身边，他躺在那儿，虽然死了，心里却充满了报复后的快感……几颗泪珠悄然无声地落到井里，砸破了水面，金黄的太阳照着他的脸，他的脸照亮了井水。

"兄弟。"

他听到有人喊，慌忙直起腰，用衣袖沾沾眼睛。

"家里没镜子吗？"留嫚笑着说，"你要跳井吗？"

"也许会跳呢！"他笑着回答。

"跳下去我可不捞你，"她说，"你挑水？"

"想挑，但挑不了，瘸爪子，不中用啦。"他直率地对她说。

"你不知道自己有多大本事。咱这种人，要想咱这种人的办法，你看着我怎么干。"她走到井边，跪下，用右手握着绳子，把一只瓦罐缓缓地顺进井里去，晃了两下绳子，井里传上来瓦罐进水的咕噜声。她用力把绳子往上提，提到胳膊不能上举为止，然后，把头伸过去，用嘴咬住了绳子。在很短暂的时间里，一瓦罐水是挂在她的嘴上的，趁着这机会，她把右手迅速地伸到井里抓住绳子，松了口，再把胳膊用力上举，再用嘴去咬住井绳……她那条像丝瓜一样的左胳膊随着身体起伏悠来荡去……她把满满一瓦罐水叼到井台上，站起来，喘着粗气说："就得这样干。"

他看着她那两片薄薄的嘴唇和细小的牙齿，问："你一直就是这样打水吗？"

她说："要不怎么办？前几年俺娘活着，她打水，她死了，我就打，人怕逼，逼着，没有过不了的河，没有吃不了的苦。"

"没人帮你打水？"

"一次两次行啊，可天长日久，即便人家无怨言，自己心里也不踏实，欠人一分情，十年不安生，能不求人就不求人。"

"娘，你怎么还不走呀！"女孩在远处急躁地喊。

"噢，乐乐，你先走，抓些桑叶给蚕宝宝撒上，娘帮叔叔提两罐水。"

"你可快些呀！"女孩喊一声，跳着走了。

留嫚提起那罐水，用膝盖帮着手，把水倒进苏社桶里。他伸手抓住绳子，看着她的脸，说："留嫚姐，让我来试试。"

"你要试试？也好，待几天我帮你纺根线绳子。"她把手松开。

他跪在井沿上，把瓦罐顺下井，打满水。当他把胳膊高举起来时，也学着她的样，伸出头，狠狠地咬住了绳子，在一瞬间，沉重的瓦罐挂在他的嘴上，他的牙根酸麻，脸上肌肉紧张，舌头尝到了绳子上又苦又涩的味儿。

他默默地坐着，看着她用一只手灵巧地擀面条。她家里有五间屋，一间灶房，一间卧房，三间蚕房。蚕都有虎口长了，满屋里响着蚕吃桑叶的声音。

"你打算怎么办？是种地还是去当干部？"她问。

"到哪里去当干部？我都不想活下去啦。"

"说得怪吓人的。"她咯咯地笑起来。

"娘，你笑什么？"女孩问。

"大人说话，小孩别插嘴。"她说，"就为断了只手？我也是一只手不是照样活吗？比比那些两只手都没了的，我们还是要知足。"

"话是这么说，可我总觉得不仗义。"

"想开点吧。"

她走到灶边烧火。女孩搂着脖子往她背上爬，她说："淘人虫，去找你叔叔玩去。"

女孩踮到他面前，他问："你叫什么名字？"

"乐乐。"

"噢，乐乐。"

"叔叔，你打死二百个鬼子？"

"……没有，乐乐，叔叔连一个鬼子也没打死。"

"娘说你打死二百个鬼子。"

"没有……"他避开了女孩的眼睛。

"叔叔，你的牌子。"女孩指着他胸前的徽章说。

"送给你了。"他把徽章摘下来给了女孩。

月亮升起来不久，女孩睡着了。留嫚把孩子塞进被窝，从她手里剥出徽章递给他。他说："不要了，留着给孩子耍吧。"她把徽章放到窗台上，说："你也不容易呀，动刀动枪的，还打死那么多人。"他讷讷半响才说："你包了几亩地？""我没包地。我养蚕。这几年，全胳膊全腿的都跑出去捞大钱了，没人养蚕，满林的桑叶。去年我养了五张，今年养了六张。"

她起身去喂蚕，月光从窗棂间透进来，照着一张张银灰色的蚕箔。她撒了一层桑叶，屋子里立刻响起急雨般的声音。"今年蚕出得齐，我一个人，又要采桑又要喂，真够呛的，要雇人吧，又不方便，只好苦一点，熬到蚕上了簇就好了。"月光照着她的脸，显得清丽和婉，她觉察到他在注视她，便低眉顺目，说："我的乐乐眼见着就大了。"

他嗓子发哽，说不出话来。

留嫚说："兄弟，不是我撵你走，今晚上大月亮天，我要去采叶子，家里的叶子吃不到天亮呢。"

"我帮你去采。"

"不用，半夜三更的，叫人碰到说闲话——我倒不怕，怕坏了你的名誉呢。"

"不是有月亮吗？"

槐花像一簇簇粉蝶在月光下抖翅。桑叶子黑亮黑亮。河水流动声比白天大。

两人两只手，一会儿就采满了筐。从桑林到槐林，都被月亮照彻了。人在树下晃动着，好似笨拙的大鸟。

（一九八五年四月于魏公村）

# 草 鞋 窨 子

　　隔着十几根柳树槐树的树干、一层厚厚的玉米秸子和一层厚厚的黄土，在我们头上，是腊月二十八日乌鸦般的夜色。我踩着结了一层冰壳的积雪从家里往这里走时，天色已经黑得很彻底，地面上的积雪映亮了大约有三五尺高的黑暗，只要是树下，必定落有一节节的枯枝，像奇异的花纹一样凸起在雪上。我说的"这里"是草鞋匠工作的地方，我们把这地方叫"草鞋窨子"。我们这个窨子是我跟父亲、袁家的五叔、六叔挖成的，窨子是"凸"字形的，凸出那地方是进出窨子的通道，那儿用秫秸搭成一个三角形的棚子，棚子罩着窨子口，窨子口上盖着蒲草编成的厚席。窨子顶上留了一个天窗，天窗上蒙着一层灰蒙蒙的塑料纸。我们的窨子很大，招了一些闲汉来取暖。闲汉中有一个叫于大身的，当年曾在青岛拉过洋车，练出两条飞毛腿，能追上飞跑的牛犊子。还有一个张球，是个会镉锅镉盆的小炉匠，外号"轱辘子"——我们这儿把镉锅镉盆的小炉匠统统叫作"轱辘子"，前面冠以姓氏什么的，张球个小，大家都叫他"小轱辘子"，"轱辘"二字是否对，我不知道，我刚上到四年级就被老师撵了。我那个老师是个大流氓，人称"大公鸡"，我在他床单下撒过一把蒺藜，他就为这点小事把我撵了，后来我看过一本小人书，知道该往老师的茶壶里撒尿，可惜没有这种机会了。我从家里往地窨子走，踩得积雪嘎嘎吱吱响。

在地窨子背后，我淅淅沥沥地小便，模模糊糊地看到焦黄的水落到雪上，把积雪砸出一些乌黑的大洞小洞。扎好腰带时，我抬头看了一眼天，天上的星斗绿得像鬼火一样，我没见过鬼火，小轱辘子说他见过，他串街走巷回来晚了，走到野地里，一群群鬼火就围着他转。想要追上它们？小轱辘子说，人必须脱下鞋来，鞋跟朝前用脚尖顶着跑，鬼火上当，迎着你飘来，你一脚把它踩住了。是什么呢？破布、烂棉花、死人骨头什么的。小轱辘子长年串四乡，见多识广。他说他还见过"话皮子"，形状比黄鼠狼略小一点，嘴巴是黑的，尾巴是白的，会说人话，声音不大，像个小喇叭一样。后

来，我让他详细讲讲"话皮子"的事，他又说没亲眼见
过。但他爹亲眼见过，他爹有一年去赶集，碰上一个知
己，下酒馆喝醉了，晃晃悠悠往家走，走到村头时，已
是掌灯时分，远远地看着那截要倒不倒的土墙上有一个
小"话皮子"，身披一件蜡那么红的小棉袄，在墙头上
像人一样站起来，来来回回地走，一边走一边喊：张老
三、张老三，我会走了，我会走了！小轱辘子的爹名叫
张老三。张老三人醉心不醉，他知道这是"话皮子"挂
号（由人做鉴定的意思，人说：你会走了。它就真会走
了），就弯腰捡了一块半截砖，猛地摔过去，骂道：会
走你娘的×！一砖头把那堵墙给打倒了。"话皮子"叫
一声亲娘，四条腿着地跑了。后来每逢傍晚，那个"话
皮子"就带着一群"话皮子"在断墙那儿喊："哎哟地，
哎哟天，从西来了张老三；哎哟爹，哎哟娘，一砖打倒
一堵墙……"袁家五叔说，他小时候好像唱过这个歌。

　　我下了窨子，袁家五叔、六叔都来了。五叔在打草
鞋底，扒了棉袄，穿一件夹袄，腰里扎根绳子，双脚蹬
着木棍，结扎着草辫。六叔耳聋，跟人说话爱起高声，
有时候别人作弄他，见了面对他把嘴唇张几下，他就连
连说："吃啦吃啦！"他以为别人问他吃过饭没有呢。
六叔在把一捆蒲草疏成细蒲丝，准备编鞋脸子。

　　袁家五叔六叔，是乡里有名的草鞋匠，当然是编得又快又好。他们能编各种各样的鞋，还能在鞋面上编出"江山千古秀"的字样来。他们编草鞋赚了一点钱，几年前娶了一个女人，起初好像说是给六叔娶的，可是后来听说五叔也在女人炕上睡，生了一个女孩，见到年轻一点的男人就追着叫爹。我叫过这个女人一段六婶，又叫过一段五婶。小轱辘子说五六三十。村里人嘴坏，因女人姓年，就叫她年三十了。我呼她三十婶，三十婶长得身高马大，扁扁的一张大脸，扁扁的两扇大腚，村里的年轻人都说她心肠好。她家的炕上炕下每到晚上就坐满年轻人，三十婶在他们中间像个火炉子一样，年轻人围着她烤火。五叔六叔也习惯了，吃过晚饭就下窨子编草鞋，一直编得鸡叫头遍才回家，五叔回六叔就睡在窨子里，六叔回五叔就睡在窨子里，兄弟两个几乎不说一句话。

　　我父亲编草鞋的手艺不行，就让我跟五叔和六叔学。我的位置在五叔六叔对面，一抬头就能看到他们善良的脸，稍低头就看到他们密密麻麻的手指飞动。我上学不认字，学编草鞋却灵，只一个冬天，就超过了父亲，无论是在速度上还是在质量上。父亲准备改行蘸糖葫芦或是捏泥孩子泥老虎，他好像不愿意败在儿子手下。我刚刚十一岁。

　　一线寒光从窨子顶上那块塑料薄膜上透下来，一滴滴晶亮的水滴挂在白霉斑斑的玉米秸子上，永远也不下落。父亲白天去集上探了探行情，发现蘸糖葫芦和捏泥孩都比编草鞋赚钱更容易。他决定我们爷俩一起改行，不编草鞋了。我舍不得离开温暖的地窨子，舍不得地窨子里的热闹劲儿。但父亲已决定了，我没有说话的权力。父亲去集上遭了风寒，发热头痛。奶奶用白面生姜大葱熬了一盆疙瘩汤，让他喝了发汗。汤上漂着绿葱叶和铜钱大的油花。我盼望着父亲胃口不好，不要把汤喝光。父亲胃口好极了，喝得呼噜呼噜响。父亲喝完了汤，还用舌尖舔光了盆。他满脸通红，让我下窨子去把那双尖脚鞋拾掇完，明儿个逢马店集，让我把已有的三十双草鞋背到集上卖了。我一声不吭出了家门。

　　我坐在我坐惯了的位置上，背倚着潮湿的土壁，看着一缕缕黑烟从灯火上直冲上去，五叔六叔瘦瘦的脸上都涂了一层蜡黄。我拿起那只编了一半的草鞋，感到手拙笨得很。这是最后一夜在窨子里编草鞋了。明天之后，我就要挑着鲜红的糖葫芦或是背着花花绿绿的泥玩具跟着父亲串街走巷高声叫卖了。我认为这新的职业下贱卑鄙，是靠心眼子挣饭吃，不是像草鞋匠一样靠手艺挣饭吃。父亲因为无能才改行，我本来有希望成为最优秀的草鞋编织家，却被父亲这个绝对权威给毁了。

窨子口的草帘子响动，我知道一定是小轳辘子来了。隔了一会儿帘子又响，我知道是于大身来了。

小轳辘子是个光棍，有人说他快四十岁了，他自己说二十八岁。有人说他挣的钱有一半花在西村一个寡妇身上，他也不反驳。有人劝他把那寡妇娶了，他说：偷来的果儿才香呢。一入冬，他不出远门，白日里挑着家什在周围的村里转转，夜里就来蹲窨子。他没有窨子不能活，窨子里没他也难过。我真怕白天，白天窨子里只有严肃的爹、羞怯的五叔、聋子六叔，有时也许有几个闲汉来，都不如小轳辘子和于大身精彩。我盼望着天黑。

于大身是个虾酱贩子，身上总带着一股腥味。他有一条扁担，又长又宽，暗红的颜色，光滑得能照人影。于大身贩虾酱全靠着拉洋车练出来的好腿和这条好扁担。他身个中等，人也不是太结实的样了，但传说他挑着二百斤虾酱一夜能走一百五十里路。好汉追不上挑担的。于大身的扁担颤得好，颤得像翅膀一样，扁担带着人走不快也得快。于大身下窨子不如小轳辘子经常，他卖完一担虾酱，必须赶夜路再去北海挑。他的虾酱从不卖给本乡人，有人要买，他就说："别吃这些脏东西，屎呀尿呀都有。"有人说他一百斤虾酱能卖出二百斤来，一是加水，二是加盐。本乡人吃不到他的虾酱，大概是他不愿坑骗乡亲吧？其实一样，他不在本乡卖，本乡人就买外乡虾酱贩子照样加水加盐的虾酱吃。

于大身五十多岁了，年轻时在青岛码头上混，什么花花事儿都经过。他有时在窨子里讲在青岛逛窑子的事，讲得有滋味，小轱辘子听得入神，口水一线线地流出来。我低着头听，生怕漏掉一个字，生怕别人知道我也在听，而且还听得很懂。父亲有时也加入这种花事的议论中去，出语粗秽；我心中又愧又恶心，好像病重要死一样。我不敢承认某些严酷的事实。想象别家的女人时，有时是美妙的，但突然想到自家的女人时，想到所有的人都是按着同样的步骤孕育产生，就感到神圣和尊严都是装出来的。

我想得出神入化的时候，父亲在我身旁就会厉声喝一声："心到哪里去了？快编！"

于大身还说过一件趣事呢，他说他有一年去夏庄镇卖虾酱，从木货市南头宋家巷子里，出来一个吊眼睛高身条的半大脚女人，脸上搽胭脂抹粉，衣裳上灰尘不染，一看就知道不是个善物。那女人要买虾酱，他把挑子挑过去。女人揭开桶，舀了点虾酱闻了闻，说："卖虾酱的，你往桶里撒尿了吧？怎么臊乎乎的？"旁边几个人咮咮地笑。于大身不知厉害，骂道："臭娘儿们，我往你嘴里撒了尿。"女人白粉里涨出张紫脸来，紫脸上镶着蓝眼，破了口大骂。巷子里拥出一群群看热闹的人，没人敢上去劝那女人。于大身知道碰上难缠的角色了，想软下来又怕丢面子，就紧一句慢一句地与那女人对骂。看客愈多那女人愈精神。精神到热火头上，于大身说，可了不得！只见那女人把双手往腰里抄去，唰地抽出裤腰带，搭在肩膀上，把裤子往下一褪，世上的人都不敢睁眼。女人翘着屁股，在两个虾酱桶里各撒了半泡尿。女人走了，于大身傻了眼。后来，过来一个人，拍拍他的肩头，说："小伙子，你闯下大祸了！你知道她是谁吗？她就是有名的'大白鹅'啊，这个镇上有头有脸的人物都上她的炕，她要是想毁你，歪歪嘴巴就行了。"于大身大惊失色，那人说："伙计，不要慌，我这里有一条计，只要你豁出去面皮，保你平安无事，还要交上好运。"那人把嘴附到于大身耳上，如此这般地说了一番。

那天于大身说到这里时，就像猛醒似的说："哟，光顾了说话了，忘了时辰，我今天夜里还要去北海挑虾酱哩！"

众人拉着他不让走。

小轱辘子说："老于头，你别卖关子，快说快说。"

五叔不紧不慢地说："老于，说完吧，一条什么计？"

于大身挣脱小轱辘子扯着他的衣服的手，求饶似的说："小轱辘子，行行好，放了我吧，这件事麻缠多着呢，没有半夜说不完，走晚了我就赶不上时辰了，你不知道北海那边的规矩，贩虾酱的人多着呢，日头冒红时我要是撵不进去，就得在北海呆三天。那边，可不是人能多呆的地方。"

六叔停下手中的活，用震破天的嗓门问："你们，争什么？跟我说说。"

大家都被惊住了，以为他发了火，但一看他脸上那表情，马上就明白了，于是都懒手懒脚地笑笑。聋六叔不甘心，把耳朵送到我嘴边，大声问："你们争什么呢？"我大声喊："往虾酱里撒尿！"不知他听清了没有，大概是听清了，我把嘴从他耳朵上摘下来，他连连点头，满脸是笑，土黄色的眼珠子在灯火下发出金子般柔和的光芒。他说："老于这家伙，一肚子坏水，这家伙……"

小轱辘子说："老于，放你走，下次回来可要接着说。"

老于说："一定一定。"

老于弯着腰往窨子口走，走几步又回头说："小轱辘子，把你跟西村小寡妇那些玩景说给老五他们听听，长长的大冬夜。"

小轱辘子说："老臊棍子，到北海去找你的相好的吧。"

爹咳嗽着说："轱辘子，那小寡妇家产不少，你可紧着点去，别让别人把她弄了去。"

小轱辘子长叹一声，说："老爹，你侄子我尖嘴猴腮，不是个担福气的鬼，人家要改嫁了。"

"嫁给谁？"爹问。

"还不是老柴那个狗杂种！"

"老柴五十多岁啦，能娶二十五岁的小寡妇？"爹有些疑惑。

"这有什么稀罕。她也是被她那些大伯小叔子欺负怕了，嫁给老柴就没人再敢动她，老柴的儿子升了县长了。"小轱辘子说。

爹说："她也有她的主意。儿子升了县长，老柴就是县长的爹，她嫁给老柴，就是县长的娘，不管亲不亲，都在那个分上。"

五叔说："就是。女人就是狗，谁喂得好她就跟谁走。"

爹说："轱辘子，老辈子说'劝赌不劝嫖'，但还是要提你个醒。你跟那女人有交情，一个被窝里打过滚，乍一离了，心里不会死。要是她嫁了个平头百姓，你尽可以去吃点偷食，她嫁了县长的爹，就是有身份的人了，你去偷她就是偷县长的娘，县长知道了……你加着点小心，小伙子！"

小轱辘子低了头。

五叔安慰他："你才二十八呢，总有合适的女人，这种事儿着急是不行的，这种事儿不是编双草鞋，要是编草鞋，手下紧着点，熬点夜也就编完了。"

小轱辘子说："没有女人也好，无牵无挂，一人吃饱了全家不饿。"

爹说："都像你这样，世界不就完了么！"

小轱辘子说："完了还不好？我盼着天和地合在一起研磨，把无论什么都研碎了。"

五叔说："那我们在窨子里就活下来了。"

小轱辘子说："活？想得好！天上对着窨子这儿正好凸出一块来，正好榫在窨子里，叫你活！"

五叔说："也是，天真要你死，你跑到哪儿也逃脱不了。"

爹笑了。六叔见大家笑也跟着笑了。

后来小轱辘子情绪上来，又给我们说鬼说怪，说高密南乡有一个四十多岁的老婆，去年伏天里，带着两个十七岁的闺女在河堤上乘凉。这对闺女是双生子，长得一模一样，双眼皮大眼睛，小嘴插不进根葱白去。两个闺女累了一天，躺在河堤上，铺着凉席子，小风吹得舒坦，娘用扇子给赶着蚊子，两个闺女呼呼地睡着了。老婆扇扇子的手也越来越慢，马马虎虎的似睡不睡。这时候，就听到半空里有两个男人说话。一个说："有两朵好花！"一个说："采了吧。"一个说："先去办事，回来再采。"老婆听到两阵风从空中往正北去了。她吓坏了，急忙把两个闺女摇醒领回家。那老婆鬼着呢，她找了两把扫帚放在凉席上，扫帚上蒙·床被单子。老婆就躲在远处偷偷看着，过了一个时辰，听到半空中"嗞啦嗞啦"两声响，然后，什么动静也没有了。到了第二天早晨那老婆去河堤一看，我的亲天老爷！那床被单子上，两大摊像米粒那么大的小蜘蛛。要不是那老婆机灵，这两个闺女就毁了……

小轱辘子和于大身一下窨子，我马上就有了精神，五叔也停下手，掏出纸、烟荷包卷烟。卷好了一支，他戳了戳六叔，六叔愣愣怔怔地抬起头，感激地对哥哥点一下头，接了烟，用嘴叼着，凑到灯上吸着。六叔依次对于大身和小轱辘子点头。五叔自己也卷好一支烟点着吸。小轱辘子和于大身也各自卷烟吸。我跟五叔要烟吸。五叔说："一离开你爹的眼你就不学好。"我说："吸烟就是不学好吗？那你们不是都不好了吗？"五叔说："小孩吸烟就呛得不长个儿了。"小轱辘子说："听他胡说，越呛越长，吸吧！"五叔把纸和烟荷包递给我。我不会卷，烟末撒了一地。五叔说："有多少烟够你撒的？"他夺过烟和纸，替我卷了一支。我就着灯吸了一口，一声咳嗽就把灯喷灭了。五叔把灯点亮。六叔大声说："使劲儿往肚里咽就不咳了。"我把烟猛劲往肚里吸，果然不咳了，但立刻就头晕了。一盏灯在烟雾中晃动，人的脸都大了。

父亲不在，我感到像松了绑一样，大声喊："大身爷，你那条妙计还没讲呢！"

大身说："这孩子，你爹不在身边就敢大声吵吵，你爹在这儿，你老实得像懒猫一样，你爹呢？"

五叔说："他爹要去发大财啦！"

大身说："噢呀，发什么大财？"

我说:"俺爹要去蘸糖葫芦球,不编草鞋了。"

我感到挺丢人的,我认为爹不是个好样的。

大身说:"也好,一个人一辈子不能死丘在一个行当上,就得常换着。树挪死,人挪活。"

我说:"你快说你的妙计吧,那女人在你桶里撒了尿后又怎么着了?她往虾酱里撒尿,不怕把虾酱溅到腚上?"

大身说:"小杂种,不敢把你放在炕上困觉了。"

小轱辘子说:"他问的也是,女人尿粗,真要溅到那玩意儿里,那可就鲜了。"

"鲜个×!"大身骂道。

"就是要那儿鲜呢!"小轱辘子眼珠骨碌碌地说。

五叔说:"当着孩子的面,别太下道了。你快接着那天的茬口往下说吧!"

大身说:"那天说到一个人对我面授妙计,其实简单着呢,那个人说:'小伙子,你把虾酱挑子找个地方先放放,去店里买上两斤点心提着,到了她家,你跪下就磕头叫干娘。她就愿意认小伙子做干儿呢!'我一想,叫句干娘也少不了一块肉,就去店里买了两斤点心,提着,打听到'大白鹅'的家。一进门,把点心往桌上一放,我扑通下了跪,脆生生地叫了一句干娘。她正在那儿抽水烟，一见我跪地叫干娘，咯咯咯一阵笑，扔了水烟袋，双手扶起我来，在我下巴上摸了一把，说：'亲儿，快起来，等会儿干娘包饺子给你吃。'吃完了饺子，她就让我去把那两桶虾酱挑来，她说：'儿，不用愁，干娘帮你去卖虾酱。'她领着我，在镇上那些有头有脸的人家转，到一家她就喊：'快点找家什，我干儿从北海送来了新鲜虾酱，分给你们点尝尝。'哪个敢不买？两大桶虾酱，一会儿就分光了。卖完虾酱她说：'儿，有什么事只管来找娘。'那天我可是发了个小财。"

"完了？"小轱辘子问。

"没呢，后来，她见了那些买虾酱的就问：'虾酱滋味怎么样？'被问的人都说好，都说鲜，她就笑着说：'都喝了老娘的尿啦！'"

大家都怪模怪样地笑了。

小轱辘子说："吃完了饺子就去卖虾酱了？不对不对，这中间一定还有西洋景。说说，老于说说，你干娘没拉你上炕？"

于大身说："这不是明摆着的事儿吗！"

五叔说："老于，这趟去北海又碰上什么稀罕事儿没有？"

　　老于说："有啊，渤海里有一条大船翻了，死了无数的人。海滩上有一条大鲸鱼搁了浅，是一个捡小海的小闺女先看到的，她回家去叫来人，人们就用刀、斧、锯把那条大鱼给抢了，剩下一条大骨架子，像五间房子那么高，那么长。"

　　五叔惊叹地伸伸舌头，说："真不小。"

　　小辘轳子说："你没掰根鱼刺回来？"

　　老于说："我想掰，可是等我去时，骨头架子旁边已经派上了岗哨，四个兵站着四个角，枪里都上了顶门火儿。"

　　"当兵的要那鱼骨干什么？"五叔问。

　　"用处大着呢！"于大身说，"飞机上有一个零件，必须得用鲸鱼骨头做，换了金子也不转，全世界都在抢呢！"

　　"噢，怪不得哩！"五叔恍然大悟地说。

　　"得了，你别瞎吹了！"小辘轳子站起身来说。

　　五叔问："还没多大工夫呢，这就要走？"

　　小辘轳子说："不走，去撒尿呢。"

　　小辘轳子出窨子时，一股冷风从窨子口灌进来，推得灯火前俯后仰。我已把半只草鞋编好了。在父亲的座位后，放着我们爷俩半个月来的劳动成果，三十几双大大小小的草鞋。父亲让我明儿去赶马店集，不知五叔去不去，我心里不愿跟五叔一块儿去，我一个人去，可以"贪污"几毛卖鞋钱。今年过年，我一定要买一些大"炸炮"，这种炮摔、挤、压、砸都会响，插在熟地瓜里扔给狗，狗一咬，啪一声就炸了，就把狗牙全炸掉了。李老师家的儿子李东，家里有钱，口袋里满满的都是炸炮。去年冬天，我还在学校里，下了课冷啊，我们几十个男孩都贴在墙边，排成一行"挤大儿"，从两头往中间拼着命挤，一边挤一边叫："挤挤挤，挤挤挤，挤出大儿要饭吃。"挤得满身是汗。中间的人被挤出来，赶紧跑到两头再往里挤。破棉袄在砖墙上磨得嗞棱嗞棱响。大人们最反对小孩"挤大儿"啦。挤呀挤，挤呀挤，只听得中间呼通一声响，李老师的儿子李东的衣袋里先冒烟后冒火，李东被炸翻在地。挤完了大儿再接着上课，教室里像冰一样凉，我们的棉袄上都快出霜了。

又一阵冷风灌进来，灯火照样动乱一阵。小辘轳子结扎着腰带走进来，嘴里哧哧地响着，说："冷，真冷。"

盖窖子口的草帘子又响了，冷气又灌进窖子，老于喊："是谁？快盖好帘子，就这么点热乎气，全跑光了。"

弯着腰走进来一个人，两只小眼像黑豆似的，下巴上稀稀拉拉地生着十几根黄胡子。

"老薛，又来刮我们？"五叔说。

是卖花生、烟卷的薛不善，他提着一个竹篮子，篮子里有半篮炸花生，三五盒皱巴巴的烟。篮子里放着一杆小秤。他说："给你们送点点心来，光赚不花，活着还有什么劲？五哥六哥轱辘子老于，每人称上半斤，香香口，再有一天就过年了，该吃点了。"他说话尖声尖气，像个女人。

薛不善把花生用手抓起，又让花生慢慢地往篮里落，花生打得花生噼噼地响。

"多少钱一斤？"五叔问。

"老价，五毛。"薛不善说，"今夜里刘家的窨子里、二马家的窨子里都买了不少，连王大爪子那个铁公鸡都买了半斤花生一盒烟，要是信着卖，早就卖光了。这半篮花生几盒烟，我是给你们留的。全村的窨子里，都比不上这窨子里有钱，五哥六哥是快手，一个顶一个半，老于钱来得顺，小轱辘子更甭说了。"

于大身说："你甭油嘴滑舌啦，压压价，就买你点。"

薛不善说了半天，终于同意四毛五一斤花生。老于掏出五毛钱，薛不善称出一斤花生，倒在老于的帽子里。薛不善说没零钱找，找给五根烟卷，每人一根。我第一次受到这种待遇，心里感到兴奋，吸着烟，强忍着不咳嗽。老于端着帽子头，把花生分了，大家珍惜地吃着，不知说点什么好。

老于说："薛不善，你老婆的雀盲眼还没治好吗？"

老薛说："四十岁的人啦，治什么。"

小轱辘子问："老薛，雀盲眼到了夜里什么都看不清吗？"

老薛说："影影绰绰地能看清人影，分不清楚就是了。"

五叔说："那夜里也做不成针线活了？"

老薛说："有什么针线活做！"

老于说："薛不善，你夜里出来放心？要是有人摸进去，学着你这女人嗓子，还不把你老婆给弄了？"

老薛说："弄了？我老婆隔十里就能闻出我的味来。"

五叔说："你去买两套羊肝给她吃吃看，羊肝养眼。"

老薛说："那是庄户人吃的东西吗？"

五叔说："你别不信，偏方治大病。我听俺爹说，那一年郭家官庄郭庄主脚背上生了一个疮，百药无效，后来来了一个串街郎中，那郎中说，你去抓十只蚂蚱来，捣成酱，糊到疮上，包你好。郭庄主半信不信的，去草里抓来十只蚂蚱，用两块石片捣烂了，糊到疮上，第二天就消了肿，第三天就收了口。第四天那郎中又来了，郭庄主请郎中到家里喝酒，喝着酒，那郎中说，这是个百草疮，蚂蚱吃百草，一物降一物，所以灵了。"

我从前还听五叔讲过一个类似的故事，说一个人脖子上生了一个疮，奇痒难挨，百药无效，后来来了个郎中，抓了一摊热牛屎糊到那人脖子上，从疮里立刻钻出了成百上千的小"屎壳郎"，那是个"屎壳郎疮"。五叔是轻易不讲故事的，除非特别高兴的时候。

薛不善尖声尖气地说："你们忙着，忙着，我去别家的窨子里转转去。"

花生还没吃完，大家都紧着吃。一会儿就吃完了，大家用手捏着花生皮，用眼瞅着花生皮，久久不愿离开。余香满口。灯火直挺挺的，格外明亮地照着湿漉漉的洞壁。秫秸上的水珠像眼泪一样挂着，总也不落下来。从头上传来冬夜静寂的风声，一阵大一阵小，河里冰层给冻裂了，喀喇喇一片响声。

小轱辘子说："我刚才上去撒尿时，碰见一只白貂子……"

碰到过白貉子的人在我们乡里是那么多，它大概是小绵羊或小白兔样子的动物，行踪神秘，法力很大，在暗夜里往往白得耀眼。你如果要想追它，你就追吧，你跑快它也跑快，你跑慢它也跑慢，永远也追不上。

小轱辘子开了头，五叔也破天荒地讲了个故事，我猜测着五叔这故事是讲给出钱买花生的于大身听的。五叔说，我们村里刚死去的老光棍门圣武家住着"阴宅"，门圣武胆大极了，他每天夜里喝醉酒回家，就看到有一个穿一身红缎子的女人在门口站着等他，还能听到女人的喘气声，门圣武想扑上去搂她，一扑，必定撞到门上。那女人就在他身后叽叽嘎嘎地笑。门圣武睡下后，还能看到一个小黑孩赶着匹小毛驴在屋里格登格登地走。五叔说，前几年我们这里邪魔鬼祟多啦，后河堤上有一个大奶子鬼，常常在半夜三更嘿嘿地冷笑。

于大身说："我倒是亲身经历过一件事，有一年我劈木头把中拇指弄破了，就把血抹在一个笤帚疙瘩上，随手扔了。过了几个月，有一次夜里我出去撒尿，是个月明天，地上像下霜一样，看到有个小东西在墙根上跳，我寻思着是个黄耗子，几步扑上去，一脚踩住，你猜是什么？是那个抹过我中指血的笤帚疙瘩！我点起火来烧它，烧得它吱吱啦啦地冒血沫子。记住吧，中指上的血千万不能乱抹，它着了日精月华，过七七四十九天，就成了精了。"

于大身讲了好几件亲身经历的事，他讲完，一看小轱辘子没了。我说："轱辘子被邪邪去了吧？"

于大身说："这鳖羔子，什么时候溜走的？"

五叔："也该他倒霉，他满可以把寡妇娶来的，老柴又从中插了一杠子。"

于大身说："走啦。明日去赶马店集，老五？"

五叔说："去趟吧，明日会发市的，这么冷的天。"

"还不走？"于大身问。

五叔看了六叔一眼，收拾好身边的东西，拍拍身上的土，站起来。六叔埋着头干活，一气也不吭。我知道六叔今夜要在窨子里睡啦。

我说："五叔，我在这儿跟六叔一块儿睡，你明早赶集时叫我一声，俺爹让我去卖鞋。"

五叔答应着和于大身一块儿走了。

窨子里的天地一下子大了，我和六叔对面坐着，灯光照进六叔眼里，六叔的眼珠子又黄得像金子一样了。

六叔大声说："困吧！我日他姥姥！"

六叔说完就站起来，大声唱道："骂一声刘表你好大的头，你爹十五你娘十六，一宿熬了半灯油，弄出了你这块穷骨头……"

我憋了一大泡尿，小肚子胀得发痛，但就是不敢出去尿。六叔唱完戏就钻进了被里去。我壮着胆子，脑瓜子嗡嗡响着往出口走。咬着牙掀起帘子钻出窨子，就像光屁股跳进冰水里一样，头皮一乍一乍的，眼睛不敢往四外看，耳边却听到小毛驴的蹄声、大奶子女人的冷笑声、笤帚疙瘩的蹦跶声、"话皮子"的说话声……我掏出来撒尿，脖子后冰冷的风直吹过来。我用尽力气撒尿，偶一抬头，就见一个乌黑的大影子滚过来，雪地上响起一片踢踏之声。我惊叫一声，转身就跑，不知道怎么跌进窨子里，油灯被我扇得挣扎着才没熄。我大声叫六叔，六叔像死了一样，我拼命喊："六叔，鬼来了！"

鬼真的来了。从黑暗出口那儿，那个大东西扑了进来，他满头满脸都是血，一进窨子就跌倒了，我的惊叫终于把六叔弄醒了。六叔起来，端灯照着窨子里跌倒的东西，虽然蒙了一脸血，但还是认出来了，是小轱辘子。

后来才听说，小轱辘子冒充薛不善钻进了雀盲女人的被窝，刚动作了几下，那女人就猛省了。她伸手从炕席下抄起剪刀，没鼻子没眼就是一下子，正戳在小轱辘子额头上。

（一九八五年十月）

# 罪　　过

　　我带着五岁的弟弟小福子去河堤上看洪水时，是阴雨连绵七天之后的第一个晴天的上午。我们从胡同里走过，看到一匹单峰骆驼正在反刍。我和弟弟远远地站着，看着骆驼踩在烂泥里的分瓣的牛蹄子，生动地扭着的细小的蛇尾巴，高扬着的弯曲的鸡脖子，淫荡的肥厚的马嘴，布满阴云的狭长的羊脸。它一身暗红色的死毛，一身酸溜溜的臭气，高高的瘦腿上沾着一些黄乎乎的麦穰屎。

　　"哥，"弟弟问我，"骆驼，吃小孩吗？"

　　我比小福子大两岁，我也有点怕骆驼，但我弄不清骆驼是不是吃小孩。

　　"八成……不会吃吧？"我支支吾吾地对弟弟说，"咱们离着它远点吧，咱到河堤上看大水去吧。"

　　我们眼睛紧盯着阴沉着长脸的脏骆驼，贴着离它最远的墙边，小心翼翼地往北走。骆驼斜着眼看我们。我们走到离它的身体最近时，它身上那股热烘烘的臊气真让我受不了。骆驼怎地就生长了那样高的细腿？脊梁上的大肉瘤子上披散着一圈长毛，那瘤子里装着些什么呢？这是我第二次看到骆驼。我第一次看到骆驼那是两年之前，集上来了一个杂耍班子，拉着大棚卖票。五分钱一张票。姐姐不知从哪里弄了一毛钱，带我进了大棚看了那场演出。演员很多。有一匹双峰骆驼，一只小猴子，一只满身长刺的豪猪，一只狗熊装在铁笼子里，一只三条腿的公鸡，一个生尾巴的人。节目很简单，第一个节目就是猴子骑骆驼。一个老人打着铜锣镗镗响，一个年轻的汉子把猴子弄到骆驼背上，然后牵着骆驼走两圈，骆驼好像不高兴，郎当着个长脸，像个老太婆一样。第二个节目是豪猪斗狗熊。狗熊放出铁笼，用铁链子拴着脖子，铁链子又拴在一根钉进地很深的铁橛子上。豪猪小心翼翼地绕着狗熊转，狗熊就发疯，嗥叫，张牙舞爪，但总也扑不到豪猪身边。第三个节目是一个人托着一只公鸡，让人看公鸡两腿之间一个突出物。大家都认为那不是条鸡腿，但杂耍班子的人硬说那是条鸡腿，也没有人冲出来否认。最后一个节目最精彩。杂耍班子里的人从幕布后架出一个大汉子来，那汉子蔫蔫耷拉的，面色金黄，像橘子皮一样的颜色。敲锣的老头好像很难过，一边镗镗地、有板有眼地敲着锣，一边凄凉地喊叫着："大爷大娘，大叔大婶子们，大兄弟姊妹们，今儿个开开眼吧，看看这个长尾巴的人。"众人都把目光投到黄脸汉子身上，但都是去看他黄金一样的脸，他目光逡巡，似乎不敢下行。杂耍班子的人停住脚步，把那个死肉般的汉子扭了一个翻转，让他的屁股对着观众的脸。一个杂耍班子里的人拍拍汉子的背，汉子懒洋洋地弯下腰去，把屁股高高地撅起来。他反穿了一条蓝制服裤子——我明白了他为什么迈不开步子——屁股一撅起，裤子前襟的开口在屁股上像张大嘴一样裂开了。杂耍班子的人伸进两根指头去，夹出了根暗红色的、一拃多长、小指粗细的肉棍棍。杂耍班子的人用食指拨弄着那根肉棍棍，它好像充了血，鲜红鲜红，像成熟辣椒的颜色。它还哆哆嗦嗦地颤动呢。我感觉到姐姐的手又粘又热。姐姐被吓出汗来啦。锣声镗镗地响着，老头凄凉地喊叫着："大爷大娘们，大叔大婶子们，大兄弟姊妹们，开开眼吧，天下难找长尾巴的人。"

这是我第二次看到骆驼。

骆驼被我们绕过去了，弟弟又怕又想看地回头看骆

驼，我也回头看骆驼；它那条蛇样的细尾巴使我联想到
那条瑟瑟抖动的人尾巴。

那时候我和弟弟都赤条条一丝不挂，太阳把我们晒
得像湾里的狗鱼一样。

走上河堤前，我们还贴着一道篱笆走了一阵，我在
后，弟弟在前。篱笆上攀满牵牛和扁豆。牵牛花都把喇
叭合拢了，扁豆花一串一串盛开着。一只"知了龟"伏
在扁豆藤上，我跳了一下把它扯下来，撕下来才知道是
个空壳，知了早飞到树上去了。

弟弟的屁股比他的脸还要黑，它扭得挺活泛。弟弟
没生尾巴，我也没生尾巴。


河水是浑浊的，颜色不是黄也不是红。河心那儿水
流很急，浪一拥一推往前跑。水面宽宽荡荡，几乎望不
到对岸。其实能望到对岸。枯水时河滩地里种了一些高
粱，现在被洪水淹了，高粱有立着的，有伏着的，一些
亮的颜色、亮的雾，在淹没了半截的高粱地里汩汩漓漓
地闪烁着，绿色的燕子在辉煌湍急的河上急匆匆飞行
着。水声响亮，从河浪中发出。沙质的河堤软塌塌的，
拐弯处几株柳树被拦腰砍折，树头浸在河水里，激起一
簇簇白色的浪花。

　　我和小福子沿着河堤往东走。河里扑上来的味道又腥又冷，绿色的苍蝇追着我和小福子。苍蝇在我身上爬，我感到痒，我折了一根槐枝轰赶苍蝇。小福子背上、屁股上都有苍蝇爬动，他可能不痒，他只顾往前走。小福子眼珠漆黑，嘴唇鲜红，村里人都说他长得俊，父亲也特别喜欢他。他眯缝着眼睛看水里水上泛滥的黄光，他的眼里有一种着魔般的色彩。

　　近堤的河面水势平缓，无浪，有一个个即生即灭的漩涡，常有漂浮来的绿草与庄稼秸子被漩涡吞噬。我把手持的那截槐枝扔进一个漩涡，槐枝在漩涡边缘滴溜溜转几圈，一头就扎下去，再也不见踪影。

　　我和小福子从大人们嘴里知道，漩涡是老鳖制造出来的，主宰着这条河道命运的，也是成精的老鳖。鳖太可怕了，尤其是五爪子鳖更可怕，一个碗口大的五爪子鳖吃袋烟的功夫就能使河堤决口！我至今也弄不明白那么个小小的东西是凭着什么法术使河堤决口的，也弄不明白鳖——这丑陋肮脏的水族，如何竟赢得了故乡人那么多的敬畏。

　　小福子把眼睛从漩涡上移出来，怯怯地问我：“哥，真有老鳖吗？”

　　我说：“真有。”

　　小福子斜睨了一眼浩浩荡荡的河水，身体往南边倾斜起来。

　　一条白脖颈的红蚯蚓在潮湿的沙土上爬动着。小福子险些踩到蚯蚓上，他叫了一声，跳到一边，手抚着屁股说："哥，蛐蟮！"

　　我也悚然地退一步，看着遍体流汗的蚯蚓盲目地爬动着。它爬出一道弯弯曲曲的痕迹。

　　小福子望着我。

　　我说："撒尿！用尿滋它。"

　　蚯蚓在我们的热尿里痛苦地挣扎着。我们看着它挣扎。我感到嗓子眼里痒痒的。

　　"哥，怎么着它？"小福子问我。

　　"斩了它吧！"我说着，从堤下找来一块酱红色的玻璃片，把蚯蚓切成两半。

　　蚯蚓的肚子里冒出黄色的泥和绿色的血。切成两段它就分成两段爬行。我有些骇怕了。小虫小鸟都是能成精的，成了精的蚯蚓也是能要了人命的，我总是听到大人们这么说。

　　"让它下河吧。"我用商量的口吻对小福子说。

　　"让它下河吧。"小福子也说。

　　我们用树枝夹着断蚯蚓，扔到堤边平静的浑水里。

蚯蚓在水里漂着，蚯蚓放出一股香喷喷的腥气。我们看
到水里一道银青的光辉闪烁，那两截蚯蚓没有了。水面
上擎出一群尖尖的头颅。我和弟弟都听到了水面传上来
的吱吱的叫声。弟弟退到我身后，用他的指甲很尖的手
抓着我腰上的皮。

"哥，是老鳖吗？"

"不是老鳖，"我观察了一会儿，才肯定地回答，
"不是老鳖，老鳖专吃燕子蛤蟆，它不吃蛐蟮。吃蛐蟮
的是白鳝。"

河水中闪一阵青光，翻几朵浪花，便什么都看不
见了。

我和小福子继续往东走，快到袁家胡同了，据说这
个地方河里有深不可测的鳖湾。河水干涸时，鳖湾里水
也瓦蓝瓦蓝，不知道有多么深，更没人敢下鳖湾洗澡。

我想起一大串有关鳖精的故事了。

我听三爷说有一天夜里他在河堤上打猫头鹰，扛着
一杆土枪，土枪里装着满药。那天夜里本来挺晴的天，
可一到袁家胡同，天呼噜就黑了，黑呀黑，好麻呀黑，
乌鱼的肚子洗砚台的水。猫头鹰在河边槐树上哆嗦着翅
膀吼叫。三爷说他的头皮□□岁□□岁的，趴在河堤上一动
也不敢动。他知道一定有景，什么景呢？等着瞧吧。那

时候是小夏天，槐花开得那个香啊！多么香？小磨香油炸斑鸠。一会儿，河里哗啦哗啦水响，一盏通红的小灯笼先冒出了水面，紧接着上来一个傻不棱登的大黑汉子，挑着小灯笼，呱哒呱哒在水皮上走，像走在平地上一样。走了三圈，大黑汉子下去了，鳖湾里明晃晃的，水平得连一丝皱纹都没有。三爷耐住心性，趴着不动。约莫过去了吃袋烟的工夫，就见到那大黑汉子又上来了，站在鳖湾边上，像根黑柱子一样，一动不动——当时我问：还挑着灯笼吗？三爷说：挑着，自然是挑着的——又见一张桃花木八仙桌子，从鳖湾正中慢悠悠地升上来。几个穿红戴绿的丫头子，端着七个盘八个碗，碗里盘里是鸡鸭猪羊，奇香奇香。丫头子下去了，上来两个白胡子老头，头顶都光溜溜的，一看就知道满肚子学问。两个老头子坐在那儿推杯换盏，谈古道今，三爷都听得入了迷。后来槐树上的猫头鹰一声惨叫，三爷才清醒过来。三爷把土枪顺过去，瞄准了八仙桌子。枪筒子冰凉冰凉，三爷的心也冰凉冰凉。刚要搂火，那个红脸的白胡子老头子把举到嘴边的酒杯停住，大声说：明枪易躲，暗箭难防！三爷大吃一惊，迷迷糊糊地就把枪机搂倒了，只听得震天价一声响，河里一片漆黑，大地万物都像扣在锅里，三爷听到了铁砂子打在水里的声

音。紧接着狂风大作，风是白色的，风里裹挟凉森森的
河水，哗啦哗啦淋到槐树上。三爷紧紧地搂住了一棵大
槐树，才没被风卷到鳖湾里去。大风刮了半个时辰方
停，三爷满身是水，冻得直打哆嗦。这时星星现出来
了，蓝色的天压得很低，槐树上的白花像一团团毛茸茸
的乱毛，附着在黑魆魆的叶丫里，放着浓烈的香气。猫
头鹰在花叶间愉快地歌唱。三爷起身想回家，但十个手
指都套了环，怎么也解不开。三爷着急得啃树皮，嘴唇
都被槐树皮磨破了。后来好不容易松了扣。三爷到家后
喝了半斤酒，还是一阵阵地打寒战，从心里往外颤。

　　第二天早晨，三爷到鳖湾那儿看。风平浪静，湾水
乌黑，白雾稀薄如纱幔，一股血腥味直冲上河堤。三爷
看到一条大黑鱼在鳖湾里漂着。那条大黑鱼有五尺长，
有二百斤重，头没有了还那么长，那么重，有头时就更
长更重了。三爷记得自己的枪口是瞄着白胡须老头的，
大黑汉子站在湾边上离着很远呢。噢，三爷说，想了半
天才明白：大黑鱼是鳖精们的侦察员，它失职了，因此
被老鳖们斩掉了头。我那时方知地球上不止一个文明世
界，鱼鳖虾蟹、飞禽走兽，都有自己的王国，人其实比
鱼鳖虾蟹高明不了多少，低级人不如高级鳖。那时候我
着魔般地探索鳖精们的秘密，我经常到袁家胡同北头

去，站在河堤上，望着鳖湾里瘆人的黑水发呆。鳖湾奇就奇在居河中央而不被泥沙掩埋，洪水时节，河水比黄河水还要浑浊，一碗水能沉淀下半碗沙土，可洪水消退后，鳖湾依然深不可测，清亮的河水从鳖湾旁、从鳖湾上软软地漫过去，界限分明，鳖湾里的水与河里的水成分不同。鳖们不得了。鳖精们的文化很发达。三爷说，袁家胡同北头鳖湾里的老鳖精经常去北京，它们的子孙们出将入相。有一个富家女嫁与一个考中进士的大才子，结婚三日，回娘家诉苦，说夫婿身体冷如冰块，触之汗毛倒立，疑非同类。其母嘱其回去用心观察。女归，发现这个大才子每日都在一个静室沐浴两次，且需水量极大。大才子沐浴时戒备森严，任何人不许窥测。这一日，大才子又去沐浴，女抱一套干净衣服，走至沐浴处，被一仆人拦住，女怒骂：是夫婿唤我送衣！仆人诺诺而退。愈近，听到室内水声响亮。女窥牖，见一鳖大如筐箩，甲壳灿烂，遍被文章，正在一大池中踊跃戏水，欢快沽泼如孩童。女骇绝，惊叫，弃衣而走，金莲交错，数次倒地。女归室，想千金之躯，竟被鳖精玷污，遂解腰中带，自缢。这些文字不是三爷的，故事是三爷的。三爷还说过，北京有条精灵胡同，寒冬腊月也出摊卖西瓜，皇宫里没有的东西在精灵胡同里也有。有一个人回故乡，精灵胡同里托他捎一封信，信封上写"高密东北乡袁家湾"，这个人找遍了东北乡也没找到个袁家湾。他爹说，八成是鳖湾里的信，你去那儿吆喝吆喝看看吧。那人找了辆自行车骑着，到了袁家胡同北头，车子扔在河堤上，人站在河堤下浅水边，对着那潭黑水，高叫：家里有人吗？出来拿信！喊了三声，水里没动静，这人骂一句，刚要走，就见水面豁然开裂，一个红衣少年跳出来，说：是俺家的信吗？那人把信递过去。少年接了信，瞄了一眼，说：噢，是俺八叔的信，你等着，我告诉俺爷爷去。红衣少年潇洒入水。那人退后一步，坐在河堤慢坡上，心中嗟叹不已。俄顷，水又中分，红衣少年引出一个白衣老者。老者慈眉善目，可敬可亲。少年说：爷爷，就是这人带来的信。那人毕恭毕敬地站起来，不知说什么好。老者说：多谢啦，家里去坐坐吧。那人瞅瞅那潭绿水，心里发毛，口里赶紧推辞。老者也不十分邀请，一拂袖，对红衣少年说：家去拿点礼物。少年应声入水。那人似乎听到水中门扃哗啷，石阶囊囊。少年出水，提着一只柳条编织的小篮子，篮里盛着半篮绿豆芽。老者接过篮子，说：乡亲，烦你千里传信，感激不尽，无甚稀罕物赠你，现有自家生的绿豆芽一篮，您拿回家炒炒吃了吧。那人接了篮子，与老者点头哈腰一阵。老者携着红衣少年入水。那人捧着那篮子，心里鄙夷起来，心想水中精怪，定有珍宝，竟送我一篮绿豆芽！我花两毛钱到集上买一筐子，要你的干什么！想到此，他把篮子一翻，将绿豆芽倒进水中，嘴里还唠叨着：留着您自己吃吧。绿豆芽飘飘摇摇地沉下水去。那只柳条篮子编得实在是精巧，他舍不得丢，挽着回家里去。家去把送信经过对他爹说了。他爹只说了一句话：你是个天生的穷种！那人不解，他爹指着篮子说：你看看，那是什么？那人低头去看，只见篮子沿上，挂着一根闪闪发光的金绿豆芽。鳖湾里的神奇事儿多着呢，哪能说得完！

我和小福子在袁家胡同头上停下来，面北看河水。河水澎澎湃湃，不舍分秒向东流。大鳖湾就埋藏在汹涌的浊水里，我知道洪水消退后它又要蓝汪汪地露出来。

袁家胡同里，有我们生产队几个青年在推粪，粪乌黑，发散着一股子酸溜溜的臭水味。

"哥，真有老鳖吗？"小福子又一次问我。

小福子的眼睛闪闪烁烁的，好像他心里藏着什么奇怪的念头。

我说："当然有老鳖，就在水里藏着呢。"

　　小福子不说话了。我们静静地看水。

　　太阳很毒辣，我肩上的皮嗞嗞地响。河水开始消退了，退出来的倾斜河堤上汪着一层脂油般的细泥。

　　我和小福子同时发现，在我们脚下，近堤的平稳河水上，漂着一朵鲜艳的红花。只有花没有叶，花瓣儿略微有些卷曲，红颜色里透出黑颜色来。

　　"哥，一朵红花……"小福子紧盯着水中的花朵说。

　　"一朵红花，是一朵红花……"我也盯着水中的红花说。

　　河水东流，那朵红花却慢慢往西漂，逆流而上，花茎激起一些细小的、洁白的浪花。阳光愈加强烈，河里明晃晃一片金琉璃。那朵花红得耀眼。

　　我和小福子对着眼睛，我想他跟我一样感觉到了一种强烈的颜色的诱惑。

　　后来发生的事情就极其简单了。小福子狠狠地盯我一眼，转身就朝着那朵红花冲去。河里金光散乱，我似乎听到小福子的脚板拍打得水面呱唧呱唧响，他好像奔跑在一条平坦的、积存着浅浅雨水的砂石路上。

　　那朵红花蓬松开来，像一团毛茸茸的厚重的阴云，把小福子团团包裹住。

我甚至想喊一句："小心，别弄毁了那朵花！"

细想起来，小福子在扑向河中红花那一刹那——他摇摇摆摆地扑下河，像只羽毛未丰的小鸭子——我是完全可以伸手把他拉住的，我动没动过拉住他的念头呢？我想没想过他跳下河去注定要灭亡呢？

在袁家胡同里推粪的四个青年，都赤脚、赤膊、满身汗水、满身粪臭。他们走上河堤。他们一齐看到我站在河堤上发愣。

叫春季的青年在我头上拍了一掌，说："大福子，站在这儿望什么？跟我下河洗澡去！"

我看着他流汗流得雪白了的脸，说："小福子跳到河里去啦！"

他说："什么？"

我重复道："小福子跳到河里去啦！"

其余三个青年都把脸对着我看。

我看着河水。河水更加辉煌了。金光银光碰碰撞撞，浩淼无边；浪潮在光的影里镗镗鞳鞳地奏鸣着：河里的燠热鱼腥扑面涌起。我的心一阵急跳，寒冷如血，流遍全身。

我牙齿打着颤抖说："小福子……跳到河里去啦……"

那朵诱人的红花早已无影无踪，红花曾经逗留过的那片平静的水面上，急遽旋转着一个湍急的大漩涡。

春季揉了我一把，骂道："傻瓜蛋！为什么不早喊？"

四个青年人抬起手掌罩着眼，努力往河面上望着。

"在哪里？"叫子平的青年吼一声，纵身扑入水中。他的身体砸起几簇水浪花，在阳光下开放，十分艳丽。

春季他们三个也紧随着子平跳下河去。他们砸得河水咣当咣当冲撞河堤。

我看到了，在十几米外的河心里，小福子的光头像块紫花西瓜皮一样时隐时现。四个青年快速地挥动着胳膊往河心冲刺，急流冲得他们都把身体仄楞起来。一串串的透明的水珠，当他们举起胳膊时，秃噜噜地，闪烁着光彩，不失时机地，滚到河的浪峰上，滚到河的浪谷里。

我起初是站着，站累了就坐着。我坐在生产队宽大的打谷场边颓唐的土墙边，一个高大的麦秸垛投下一块阴影，遮住了我平伸在地上的两条腿。我的腿又黑又瘦，我的腿上布满伤疤，我也不知道我的腿上为什么会

有这么多伤疤。左腿膝盖下三寸处有一个铜钱大的毒疮
正在化脓，苍蝇在疮上爬，它从毒疮鲜红的底盘爬上毒
疮雪白的顶尖，在顶尖上它停顿两秒钟，叮几口，我的
毒疮发痒，毒疮很想迸裂，苍蝇从疮尖上又爬到疮底，
它好像在爬上爬下着一座顶端挂雪的标准的山峰。被大
雨淋透了的麦秸垛散发着逼人的热气，霉变的霉气，还
有一丝丝金色麦秸的香味儿。毒疮在这个又热又湿的中
午成熟了，青白色的脓液在纸薄的皮肤里蠢蠢欲动。我
发现在我的右腿外侧有一块生锈的铁片，我用右手捡起
那块铁片，用它的尖锐的角，在疮尖上轻轻地划了一
下——好像划在高级的丝绸上的细微声响，使我的口腔
里分泌出大量的津液。我当然感觉到了痛苦，但我还是
咬牙切齿地在毒疮上狠命划了一下子，铁片锈蚀的边缘
上沾着花花绿绿的烂肉，毒疮迸裂，脓血咕嘟嘟涌出，
你不要恶心，这就是生活，我认为很美好，你洗净了脸
上的油彩也会认为很美好。其实，我长大了才知道，人
们爱护自己身上的毒疮就像爱护自己的眼睛一样，我从
坐在草垛边上那时候就朦朦胧胧地感觉到：世界上最可
怕最残酷的东西是人的良心，这个形状如红薯，味道如
臭鱼，颜色如蜂蜜的玩意儿委实是破坏世界秩序的罪魁
祸首。后来我在一个繁华的市廛上行走，见人们都用铁

扦子插着良心在旺盛的炭火上烤着，香气扑鼻，我于是明白了这里为什么会成为繁华的市廛。

我在那道矮墙边上坐着，没人理我，场上散布着几百个人，女人居多，女人中上了年纪的老女人居多，也有男人，也有孩子。我看到了他们貌似同情、实则幸灾乐祸的脸上的表情。我弟弟小福子淹死了——也许淹不死，抢救还在继续进行。他们都是来看热闹的，就像当年姐姐带我去看那个长尾巴的人一样。

春季用双手托着小福子穿过胡同，绕过骆驼——骆驼对着我冷笑——走到我家，我家门上挂锁。春季气喘吁吁地问我："大福子，你爹和你娘呢？"

我什么话也没说，我没有话可说，我愿意跟着小福子走。

村里人嗅到了死孩子的味道，一疙瘩一疙瘩地跟在小福子的后边。

有人建议赶快把小福子抱到生产队的打谷场上，队里的男女劳力都在那里编织防洪用的麦草袋子。我想起了，爹和娘确实是去编织防洪用的麦草袋子了。

没走到打谷场就听到了娘的哭声，接着就看到娘从街上飞跑过来。娘哭得很动情，声音尖尖的，像个小姑娘一样。

娘身后也跟着一群人，爹十分显眼地混杂在那群人中，我一眼就看到了，爹高大的身体摇摇晃晃，好像喝醉了酒。

春季抱着小福子径直往前走，小福子仰在春季臂膊里，胳膊腿耷拉着，好像架上的老丝瓜。

娘跑到离小福子两步远时，突然止住了哭声，她往前倾了一下身体，脖子猛一伸，像触了雷电一样。身后有人扶了她一把。她往后一仰，那人就着劲一拖，娘闪到一侧去。

春季托着小福子，庄严肃穆地往前走，人们都闪到两边去，等一下，伺机加入了小福子身后的队伍。爹没表示出半点特殊性，他跟随在我身后，我不用回头就知道爹摇摇晃晃地走着，好像喝醉了酒。

走到打谷场上，娘又开始哭起来，这时的哭声已不如适才清脆，听着也感到疲乏。

打谷场边上有三排房子，一排是生产队的饲养室，一排是生产队的仓库，还有一排是生产队的记工房。

夏天从不穿上衣和鞋子的方六老爷担任了抢救小福子的总指挥。他让人从饲养棚里拉出了一头黑色的大牛。这头牛眼睛血红，斜着眼看人。它的僵直的角上闪烁着钢铁般的光泽，后腿上、尾巴上沾满了尿屎混合成的泥巴。

"攥紧鼻绳！"方六老爷威严地吩咐那个拉牛的中年汉子。

中年汉子一脸麻子，也是赤膊赤脚，背上一大串茶碗口大的疤瘌，是生连串毒疮结下的，我要呼他四大伯。四大伯把凶猛的黑牛鼻绳攥紧，黑牛焦躁地扭动尾巴，呼哧呼哧喘着粗气。四大伯也呼哧呼哧地喘着粗气。

"把他搭到牛背上！"方六老爷吩咐春季大哥。

春季把小福子扔到尖削的牛背上，牛扭着腰，斜着眼睛往后看，它的眼睛红得像辣椒一样，喘气声像鹅叫一样。小福子在牛背上折成两段，嘴啃着那侧牛腹，小鸡巴戳着这侧牛腹。他的屁股上和背上的皮肤金光闪烁。

"牵着牛走！"方六老爷说。

四大伯一松牛鼻绳，黑牛昂着头，虎虎地往前冲去，小福子在牛背上颠簸着，看看要栽下去的样子。

方六老爷吩咐两个人去，一个卡着小福子的腿，一个托着小福子的头。

"松开缰绳！"方六老爷说，"由着牛走，越颠越好！"

四大伯闪到牛头左侧。方六老爷在牛腚上拍了一掌。黑牛迈着大步，走得风快，牛两侧扶持小福子的两个汉子，仄着身子走得艰难，脸上都咧着一张嘴，嘴里都是黑得发亮的牙齿。场上沙土潮湿，黑牛的蹄印像花瓣一样印出来。

娘忘记了哭，蓬头散发，随着牛一溜小跑。爹弓着腰，依然十分显眼地掺杂在牛后骚乱的人群里。

黑牛沿着打谷场走了两圈，小福子的腹中响了一阵，一股暗红色的水从他嘴里喷出来。

"好啦！吐出水来了！"人群里一声欢呼。

娘跑到牛的近旁，梦呓般地说："小福子，小福子，娘的好孩子，醒醒吧，醒醒吧，娘包粽子给你吃，就给你吃，不给大福子吃……"

我的心里一阵冰凉。

黑牛继续走着，但小福子已不吐水，有几根白色的口涎在他唇边垂着，后来连口涎也没有了。

方六老爷说："行啦，差不多啦！"

四大伯拢住牛，那两个傍在牛侧的汉子把小福子从牛脊梁上揭下来，抬着，走到场边一棵红杨树下。红杨树投在地上一片炕席大的斑驳阴影，阴影里布满绿豆粒大小的黑色虫屎，因为树上孳生着成千上万只毛毛虫。

有一个聪明人拎来一只刚编织好的草包子，刚要把小福子放上去时，父亲从人堆里挤出来，脱下湿漉漉的褂子，铺在草包子上。父亲没有忘记把黑烟斗和牛皮烟荷包从褂子口袋里摸出来，别在腰带上。

小福子仰面朝天躺在父亲的褂子上了。我看到了他的脸。小福子依然比我要俊得多，但是他分明地变老了。他的耳朵上布满了皱纹，他的眼睛半开半阖，一线白光从他眼缝里射出来，又阴又冷。我觉得小福子是看着我的，他要告诉我关于那朵红花的秘密，它是从哪里来的，它又到哪里去了。老鳖与人类是什么关系……从小福子睥睨人类的阴冷目光里，我知道他什么都明白了，我当时就后悔，为什么不跟着小福子跳到河里去追逐那朵红花呢？真是遗憾真是后悔莫及。小福子的腮上凝结着温暖的微笑，我的牙齿焦黄他的牙齿却雪白，他处处比我漂亮，任何一个细枝末节都有力地证明着"好孩子不长命，坏孩子万万岁"的真理。小福子双唇紫红，像炒熟了的蝎子的颜色。

"等一会儿，等一会儿，"方六老爷安慰着焦灼的人群，"很快就会喘气的，肚里水控净了，没有不喘气的道理！"

　　大家都看着小福子瘪瘪的肚子，期待着他喘息。娘跪在小福子身边，含糊不清地祷告着。我一点不可怜她，我甚至觉得她讨厌！我甚至用灰白色的暗语咒骂着她，嘲弄着她；从她迷眊的眼珠子里流出来的眼泪我认为一钱不值。你哭吧！你祷告吧！你这个装模作样的偏心的娘！你的小福子活不了啦！他已经死定了！他原本就不是人，他是河中老鳖湾里那个红衣少年投胎到人间来体验人世生活的，是我把他推到河里去的！

　　我永远不可能成为一个孝子啦！

　　所有在场的人，都汗水淋漓，都把眼睛从小福子腹肚上移开，转而注视着方六老爷红彤彤的大脸。

　　红杨树上的毛毛虫同时排便，黑色的硬屎像冰雹一样打在人们的头上。

　　方六老爷秃亮的脑门上也挂上了一层细密的小汗珠，他举起手，用一群豆虫般的手指搔着鬓边那几十根软绵绵的头发，说："不要着急，不要着急，待我看看。"

　　他弯下腰去，用厚厚的手掌压压小福子的心窝。他站起来时，我看到他的两颗大黄眼珠急遽眨动着，好像两只金色的蝴蝶在愉快地飞舞。

　　"六老爷……"娘奴颜婢膝地求告着，"六老爷，救救我的孩子……"

方六老爷沉思片刻，说："去，去，去找口铁锅来。"

两个男人抬来一口搅拌农药的大铁锅。方六老爷命令他们把铁锅倒扣过来。

那口铁锅在阳光下晒得一定滚烫了。

六老爷亲自动手，把小福子拎到铁锅上。小福子的肚脐端端正正地挤在锅脐上，嘴啃着锅边，脚踢着锅边。

六老爷捋两下胳膊，吃力地弯下腰，用肥厚的手，挤压着小福子的背。六老爷把全身的重量都压到小福子身上了。我听到小福子的骨头啪哽啪哽地响着。我看到小福子的身体愈来愈薄，好似贴在锅底上的一张烙饼。六老爷猛一松手，小福子的身体困难地恢复着原样，他的胸腔里发出了"嗷嗷"的叫声。

"喘气了！"有人惊呼一声。

连娘都停了唠叨，几百只眼睛死盯着烙在锅上的小福子。寂静。黑色的毛毛虫屎冰雹般降落，虫屎打着小福子的背，打着浸透剧毒农药的锅边，打着方六老爷充满智慧的脑壳……都砰砰啪啪地响着。大家屏住呼吸，祈望着小福子能从锅上蹦起来。

等了半袋烟的工夫，小福子一动不动。方六老爷怒

气冲冲地弯下腰，好像揉面一样，好像捣蒜一样，对着
小福子的腰背，好一阵狂捣乱揉。一股臭气弥散开来。
有人喊："六老爷，别折腾了，屎汤子都挤出来了！"

六老爷直起腰，握两个空心拳头，痛苦地捶打着左
右腰眼，两滴大泪珠子从他眼里噗噜噗噜滚下来。

"我没有招数了！"方六老爷沮丧地说，"用了黑
牛，用了铁锅，他都不活，我没有招数了！"

我看着从小福子嘴里流出来的褐色的粥状物，在阳
光下蒸腾着绿色的臭气。

"谁还有高招？"方六老爷说，"谁还有高招请拿出
来使，死马当成活马医吧！"

父亲说："六老爷，让您老人家吃累了。"

六老爷说："哎，惭愧，惭愧！"一边说着，一边
交替捶打着左右腰眼，摇摇摆摆地走了。

父亲弓着腰，端详着贴在锅底上的小福子，迟疑片
刻，好像不晓得该从哪里下手。（我已经嗅到烤烧鸡的
香味了。）一滴清鼻涕从父亲鼻尖上垂直下落，打在小
福子的脊椎上。父亲哼了一声，伸出一双鲁莽的大手，
卡住小福子的腰，用力搋起来，小福子皮肤与铁锅剥离
时，发出一阵哔哔叽叽的声音。这声音酷似在灯火上烧
头发的声音，伴随着声音迅速弥散的味道也像烧头发的

味道。

小福子的身体折成两叠，几乎是垂直地悬挂在父亲颤抖不止的胳膊上。我想起了悬挂在房檐下木橛子上的腌带鱼。我的小弟弟四肢柔软地下顺着，他能把身体弯曲到如此程度，简直像个奇迹。

父亲把小福子放在地上，理顺了他凌乱的胳膊和腿。小福子的肚脐被锅脐挤出了一个圆圆的坑，有半个茶碗深。

娘跪在地上，我认为她很无耻地哀求着："救救我的孩子！救救我的孩子！"

父亲懊丧地说："行啦！别嚷了！"

我钦佩父亲的态度。娘不说话了，只是嘤嘤地哭，我又可怜她了。

父亲一手托住小福子的脖颈，一手托住小福子的胭窝，踉踉跄跄地往前走。围观的乡亲们匆匆闪开一条道路，都毕恭毕敬地立着。

我跑到父亲前面，回头仰望着父亲脸上的愚蠢的微笑，我忽然觉得，我应该说句什么，到了该我说话的时候了。

"爹，河里有一朵红花……"父亲脸上的微笑抖动着，像生锈的废铁皮嗦落落地响。我继续说："小福子跳到河里去捞那朵红花……"

　　我看到父亲的腮帮子可怕地扭动着，父亲的嘴巴扭得很歪，紧接着我便脱离地面飞行了。湛蓝的天空，破絮般的残云，水银般的光线。黄色的土地，翻转的房屋，倾斜的人群。我在空中翻了一个斤斗，呱唧一声摔在地上。我啃了一嘴泥沙。趴在地上，我的耳朵里翻滚着沉雷般的声响。那是父亲的大脚踢中我的屁股瓣时发出的声音。

　　我自己爬起来，干嚎了一声。本来满肚子的干嚎要一连串地喷出来，但是，我看到人们的像鬼火一样的、毒辣的眼睛，所以，我紧紧咬住嘴唇，把干嚎压下去。于是，我感觉到胃里燃烧起绛紫色的火焰。

　　我当然听到了人们在背后叽叽喳喳地说着什么，我却径直地往前走了，我用力分拨着阻挡着我的道路的人群，他们像漂浮在水面的死兔子一样打着旋，放着桂花般的臭气漾到一边去。我恍惚觉得娘扑上来拉住我的胳膊，我回头一看，她的眼竟然也像鬼火般毒辣，她的脸上蒙着一层凄凉的画皮，透过画皮，我看到了她狰狞的骷髅。"放开我！"我愤怒地叫着。娘拉着我不松手，娘说："大福子，我的儿，小福子去了，娘就指望着你啦……"半个小时前，你不是说包粽子，不给大福子吃吗？我看透了！我用力挣扎着，娘的手像鹰爪子一样抓着我不放松。我低下头，张开嘴，在娘的手脖子上，拼出吃奶的劲儿，咬了一口。我感觉到我的牙齿咬进了娘的肉里，娘的血又腥又苦。

娘惨叫一声，松开了手。

我头也不回往前走，一直走到打谷场的土墙边上，面壁十分钟，我专注地看着土墙上的花纹。我回过头去，打谷场上空无一人，刺鼻的汗臭味还在荡漾。这么说打谷场确曾布满了人，我的弟弟小福子确实是淹死了。我的屁股上当真挨过父亲一脚吗？娘的手脖子上当真被我咬过一口吗？

屁股似乎痛又似乎不痛，口里有血腥味又似乎没有血腥味。我很惶惑，便坐在了土墙边，我的身左身右都是浅绿色的新鲜麦苗儿。我坐着，无聊，便研究髌骨下的毒疮。我用锈铁片划开疮头，脓血四溢时，我感到希望破灭了。人身上总要有点珍奇的东西才好。后来，我用锈铁片在左膝髌骨下划开一道血口子，我用锈铁片从右膝髌骨下的毒疮上刮了一些脓血，抹到血口子里。

等到右膝下的毒疮收口时，左膝下一个新的毒疮已经蓬蓬勃勃地生长起来。

癫蛤蟆蹦到餐桌上，不会咬人也要硌硬你一下。

因为腹中饥饿，傍晚时我溜回家。小福子永远地消失了，我感到了孤独。爹和娘对我的自动归家没表示半点惊讶或愤怒。他们对坐着，在两根门槛上，爹抽烟，娘流泪。我坐在堂屋的门槛上，从我坐的地方到娘坐的地方和从我坐的地方到爹坐的地方距离相等。

娘没有心思做饭，爹抽烟抽饱了。我饥饿，站起来，到饭笸箩里拿了一个涂满苍蝇屎的高粱面饼子，找了两棵黑叶子大葱，从酱坛子里挖了一块驴粪蛋子那么大的黑豆酱，依然坐回到堂屋门槛上，喀喀唧唧地吃起来。

爹冷冷地看着我，娘惊愕地看着我。

我非常明白他们心里想的是什么。

你们没有什么了不起。

总有一天，你们会知道大福子不是盏省油的灯。

我打着饱嗝，摸上炕去睡觉，成群的蚊虫围着我旋转，有咬我的，也有不咬我的。我不惊吓它们，我的血多极了，由着它们喝。

后半夜时，蚊虫都喝饱了血，伏到墙壁上休息去了。我听到了河水的喧哗。爹和娘在各自占据的门槛上坐着，他们对话。

"别难过了，"爹说，"他是该死，你我薄命，担不上这么个儿子。"

"就剩下一个大福子啦，他偏偏又是个傻不棱登的东西……"娘说。

"要不怎么说你我薄命呢？"

"他可千万别再有个好歹……"娘担忧地说。

爹冷笑着说："放心吧，这样的儿子，阎王爷都不愿意见他！"

爹和娘的对话并没使我难过，如果他们不这样说才是怪事。

河里涛声澎湃，天上星光灿烂，蚊虫偃旗息鼓，爹娘窃窃私语。我没有任何理由难过，我不哭，我要冷笑。

我知道我在黑暗中发出的冷笑声把爹和娘吓懵了。


娘又怀孕了。看来她和爹一定要生一个优秀的儿子来代替我。我看着娘日日见长的肚子，心里极度厌恶。

小福子淹死之后，我一直装哑巴，也许我已经丧失了说话的机能，我把所有的话对着我的肠子说，它也愉快地和我对话。

"你看到那个女人那个丑陋的大肚子了吗？"

"看到了，非常丑陋！"

"你说她还像我的娘吗？"

"不像，她根本不像你的娘！"

"你看到我爹了吗？"

"看到了，他像一匹老骆驼。"

"他配做我的爹吗？"

"不配，我说了，他像一匹老骆驼！"

我每天都跟我的肠子对话，它的声音低沉，浑浊，好像鼻子堵塞的人发出的声音。

娘从怀孕之后就病恹恹的，她的脸色焦黄，皮肤下流动着黄色的水。爹买来了一只碗口大的鳖，为娘治病、滋补身体。

我问肠子："这是袁家湾里的鳖羔子吗？"

肠子肯定地回答我："是袁家湾里的鳖羔子，你看，只有袁家湾里的鳖种才能生出这样一颗圆圆的鳖头。"

爹把鳖放在水缸里养着，要养到一个逢九的日子才能杀。为了防止它逃跑，爹在缸上加了一个木盖，木盖上压着一块捶布石。

爹不在家的时候，我就搬掉捶布石，掀开木盖，观赏老鳖的泳姿和老鳖伏在水下时的静态。

每当我掀起木盖时，它就从水底奋勇地浮上来，它四条笨拙的短腿灵巧地划着水，斜刺里冲上水面。青黄鳖壳周围翻动着一圈肉蹼，好像鳖的裙子。浮上水面后，它就沿着水缸的内壁转圈，鳖指甲划得缸壁嚓嚓地响。从它的绿色的眼睛里我看出了它的愤怒和它的焦灼。缸里只有半缸水，缸壁上涂着赭红色的光滑釉彩，鳖无法冲出因牢。

游一阵后，鳖乏了，它收缩起四肢，无声无息地、像影子一样沉下水去。

缸里的水渐渐平静，鳖搅起来的渣滓沉淀在缸底，青黄色的鳖壳上也蒙上了一层灰白的渣滓。如果不是那两只秤星般的鳖眼，很难发现缸底埋伏着一只鳖。

鳖安静的时候，也是我看鳖入神的时候。它那两只咄咄逼人的眼睛具有极大的魅力，它向我传达着一种只可意会不可言传的信息。有一种暗红色的力量，射穿水面，侵入我的身体，我一方面努力排斥着它，又一方面拼命吸收着它。我感觉到了鳖的思想，它既不高尚，也不卑下，跟人类的思想差不多。

杀鳖的日子终于到了，其实并没杀，但比杀还残酷。

父亲倒在锅里两瓢水，扔进水里一把草药，然后，用一把火钳，从水缸里把鳖夹出来。在从水缸到锅灶这段距离里，鳖在空中、在火钳的夹挤下痛苦地鸣叫着。父亲毫不犹豫地把它扔进锅里。鳖在锅里扑棱着，鳖边上的肉蹼像裙子一样漂动着。

灶下的火哗哗叭叭地燃烧着，锅沿上冒出了丝丝缕缕的蒸气，我还听到鳖在锅里爬动着。鳖指甲划着锅，嚓啦——嚓啦——嚓啦啦——

父亲把煮好的鳖舀到一只瓦盆里，逼着娘吃。

娘抄起筷子，戳戳鳖盖，鳖盖像小鼓一样嘭嘭响。

娘只吃了一口鳖，就捏着脖子呕吐起来。

父亲严厉地说：“忍着点，吃下去！”

娘满眼是泪，用筷子夹着一块颤颤巍巍的鳖裙子，放到唇边，又送回盆里。

我伸手抓过那块鳖裙，迅速地掩进嘴里。

从口腔到胃这一段，都是腥的、热的。

我的肠子在肚子里为我的行动欢呼。

父亲用筷子敲击着我的光头，我的光头也像小鼓一样嘭嘭响。

那天早晨，孙二老爷家那峰骆驼跑了。孙二老爷说他清晨起来喂骆驼时，槽头柱子上只剩下半截缰绳。这匹怪物的逃跑在村子里激起了很大的风波，就像三年前二老爷把它从口外拉回来时一样。骆驼耕地不如牛，拉车不如骡子，但二老爷一直喂养着它。

骆驼跑了！一听到这个消息我的心里就涌起一阵按

捺不住的狂喜，我知道这一定要有什么事情发生了。究竟要发生什么事情我也说不清楚。

吃午饭时，街上响起一阵锣声。我扔下筷子就往外走，即将生产的娘在后边唠叨了一句什么，我连头也没回。我从草垛后摸出我的宝贝——那扇磨得溜滑的鳖甲、一块豆绿色的鹅卵石（鹅卵石的形状像个心脏，尖上缺了一块），我用鹅卵石敲击着鳖甲，往响锣的地方跑去。

在家里时，听到锣声在街上响；走到街上，又听到锣声在生产队的打谷场上响。

我远远地就看到了一匹单峰骆驼，没看到骆驼的形影之前我先嗅到了骆驼的气味。我兴奋得快要昏过去了。

看到单峰骆驼我才明白，多少年了，我一直在盼望着它们。

场上已经围了一群人。人圈里，一个似曾相识又十分陌生的老头子敲着锣转圈。他很苍老，说不清七十岁还是八十岁，嘴里没有一颗牙齿，嘴唇噏进去，好像个松弛的肛门。他的胳膊上挂着一个皮扣子，皮扣子连着铁锁链，铁锁链连系着一个一尺多高的绿毛瘦猴子。猴子跟着老头绕场转圈，时而走时而爬，样子古怪滑稽。

老头念经般地哼哼着："你快快地走来你慢慢地行……给你的叔叔大爷先鞠一个躬……要你的叔叔大爷为咱把场捧……挣几个铜板咱去换烧饼……"

猴子并不给人鞠躬，但不停地龇牙咧嘴扮鬼脸。

有一辆木轱辘大车停在场子边上，骆驼拴在车辕杆上。车上装着一个木箱子，箱子盖掀开了，露出了一些花花绿绿的道具。一个二十多岁的大姑娘扶着车栏杆站着，她穿着一条红绸裤子，裤脚肥大；穿一件绿绸子褂子，一排蝴蝶样黑扣子从脖颈排到腰际。她脑后垂着一条粗辫子，脸盘如满月，眉毛很黑，睫毛很长，牙齿很白，神情很悒郁。

车上还有两个孩子，年龄与我相仿佛，一个男孩，一个女孩。两人都又瘦又白，倦倦地坐在地上。

没有狗熊，没有遍身硬刺的豪猪，没有三条腿的公鸡，没有生尾巴的男人。

不是我思念着的杂耍班子。

人愈来愈多。两个孩子同时站起来，紧紧腰带，走进场子，一个追着一个翻起斤斗来。女孩和男孩把他们的身体弯曲成拱桥形状时，往往露出绷紧的肚皮。

穿红裤子的大姑娘耍了一路剑，耍到紧密处，看不清她的模样，只看到一团红光在下，一团绿光在上，好像两团火。

我看到展现在我面前的人生道路。

道路弯弯曲曲，穿过低洼的沼泽，翻上舒缓的丘陵。我追赶着木轱辘大车在胶泥地上压出来的深刻辙印，我踩着单峰骆驼的蹄印走。鳖甲和心状鹅卵石装在兜里，它们是我的护身符。

洼地里野生着高大的芦苇，风滚过去，芦苇前推后拥，像煞翠绿色的海浪。

我闻到了一股熟悉的味道，骆驼！骆驼！孙二老爷家丢失的双峰骆驼从芦苇丛里慢吞吞地走出来，站在狭窄的泥泞道路上。我好像从来没对这匹骆驼有过畏惧之心，我好像一直亲爱着这匹骆驼，我与它的关系好像放牛娃与牛的关系。如同他乡遇故交，如同久别重逢的情人，我扑上去，跳一下，抱住了它高扬着的、弯曲着的、粗壮结实的脖子。

我的眼睛里涌出了灼热的液体，不是眼泪。

（一九八六年八月）

# 弃　　婴

　　我把她从葵花地里刚刚抱起来时，心里锁着满盈盈的黏稠的黑血，因此我的心很重很沉，像冰凉的石头一样下坠着；因此我的脑子里一片灰白，如同寒风扫荡过的街道。后来是她的青蛙鸣叫般的响亮哭声把我从迷惘中唤醒。我不知道是该感谢她还是该恨她，更不知道我是干了一件好事还是干了一件坏事。我那时惊惧地看着她香瓜般扁长的、布满皱纹的、浅黄色的脸，看着她眼窝里汪着的两滴浅绿色的泪水和她那无牙的洞穴般的嘴——从这里冒出来的哭声又潮湿又阴冷，心里的血又全部压缩到四肢和头颅。我的双臂似乎托不动这个用一块大红绸子包裹着的婴孩。

　　我抱着她跟跟跄跄、戚戚怆怆地从葵花地里钻出来。团扇般的葵花叶片嚓嚓地响着，粗硬的葵花叶茎上的白色细毛摩擦着我的胳膊和脸颊。出了葵花地我就出了一身汗,被葵花茎叶锯割过的地方鲜红地凸起鞭打过似的印痕。好像,好像被毒虫蜇过般痛楚。更深刻的痛楚是在心里。明亮的阳光下,包裹婴孩的红绸子像一团熊熊的火,烫着我的眼,烫着我的心,烫得我的心里结了白色的薄冰。正是正午,田野空旷,道路灰白,路边繁茂的野草,蛇与蚯蚓般地缠贴着。西风凉爽,阳光强烈,不知道该喊冷还是该喊热,反正是个标准的秋日的正午,反正村民们都躲在村庄里没出来。路两边杂种着大豆、玉米、高粱、葵花、红薯、棉花、芝麻,葵花正盛开,黄花连缀成一片黄云,浮在遍野青翠之中。淡淡的花香里,只有几只赭红的野蜂子在飞,蝈蝈躲在叶下,忧郁地尖声鸣叫,蚂蚱在飞,燕子在捕食。悬挂在田野上空、低矮弯曲的电话线上,蹲着一排排休憩的家燕。它们缩着颈,一定在注视着平滑地流淌在绿色原野上的灰色河流。我闻到了一股浓郁得像生蜂蜜般黏稠的生命的气味。万物蓬勃向上,形势大好不是小好,形势大好的生动表现是猖獗的野草和茁壮的稼禾间升腾着燠热的水汽。天蓝得令人吃惊,天上孤独地停泊着白云像纯情的少女。她还是哭,好像受了巨大的委屈。那时我还不知道她是个被抛弃的女婴。我的廉价的怜悯施加到她身上，对她来说未必就是多大的恩泽，对我来说却是极度的痛苦了。现在我还在想，好心不得好报可能是宇宙间的一条普遍规律。你以为是在水深火热中救人，别人还以为你是在图财害命呢！我想我从此以后是再也不干好事了。当然我也不干坏事。这个小女婴折磨得我好苦，这从我把她自葵花地里抱出来时就感觉到了。

　　破烂不堪的公共汽车把我一个孤零零的乘客送到那三棵柳树下，是我从葵花地里捡出女婴前半个小时的事。坐在车上时，我确实是充分体验到了社会制度的优越性，车上那个面如雀蛋的女售票员也是这么说。她可能是头天夜里跟男朋友玩耍时误了觉，从坐上车时她就哈欠连天，而且打过一个哈欠就掉转那颗令人敬爱的头颅，怒气冲冲地瞪我一眼，好像我刚往她的胸膛上吐过一口痰似的，好像我刚往她的雪花膏瓶子里掺了石灰似的。我恍然觉得她的眼球上也生满了褐色雀斑，而她的一次次对我怒目而视，已经把那些雀斑像铁砂子般扫射到我的脸上。我惶恐，觉得好像挺对不起她的，因此她每次看我时我都用最真诚的笑脸迎着她。后来她原谅我。我听到她说："成了你的专车啦！"我的车长达十米，二十块玻璃破了十七块，座位上的黑革面像泡涨的大饼一样翻卷着。所有的铁器官上都遍披着红锈的专车浑身哆嗦着向前飞驰，沿着狭窄的土路，把路两边绿色的庄稼抹在车后。我的专车像一艘乘风破浪的军舰。我的司机不回头，问我："在哪儿当兵？""在××。"我受宠若惊地回答。"是要塞的吗？""是啊是啊！"我不是"要塞"的，但我知道撒谎有好处——有一个撒谎成性的人传染了我。司机情绪立刻高了，虽然他没回头，我也看到了他亲切的脸。我无疑勾起了他许多回忆，他的兵涯回忆。我附和着他，陪着他大骂"要塞"那个流氓成性的、面如猿猴的副参谋长。他说他有一次为副参谋长开车，副参谋长与三十八团团长的老婆坐在后排。从镜子里，他看到副参谋长把手伸到团长老婆的奶子上，他龇牙咧嘴地把方向盘一打，吉普车一头撞到一棵树上……他哈哈地笑着。我也哈哈地笑着。我说："可以理解，可以理解，副参谋长也是人嘛！""回来后就让我写检查。我就写：'我看到首长在摸女人奶子，走了神，撞了车，犯了错误。'检查送上去，我们指导员在脑勺子上给了我一巴掌，骂我：'操你妈！哪有你这样写检查的，回去重写吧！'""你重写了吗？""写个屁！是指导员替我写的，我抄了一遍。"我说："你们指导员对你蛮好。""好个屁！我白送了他十斤棉花！""人无完人嘛！再说，那是'文化大革命'期间的事了嘛，是'四人帮'的罪过。""这些年部队怎么样？""挺好，挺好。"

车到"三棵树"，我的售票员小姐拉开车门，恨不得一脚把我踹到车下去，但我和司机攀上了"战友"，所以不怕她。我把一盒"9·9"牌香烟扔到驾驶台上。这盒烟劲儿挺大，司机把车开出老远还为我鸣笛致谢呢。

下车。前行。肩背一包糖，手提一箱酒。我必须顶着太阳走完这十五里不通汽车的乡间土路，去见我的爹娘与妻女。我远远地就看到那片葵花地了。我是直奔葵花地而去的。我是在柳树上看到那张纸条后跑向葵花地的。我是看到了纸条上写的字就飞跑到葵花地里去的。

纸条上写着一行歪歪扭扭的字：速到葵花地里救人！！！

那片葵花地顿时就变得非常遥远，像一块漂游在大地上的云朵，黄色的、温柔的、馨香扑鼻的诱惑强烈地召唤着我。我扔掉手提肩背的物件，飞跑。在焦灼的奔波中，我难忘的一件往事涌上心头。那是前年的暑假，我回家的路上，由一条白狗为引，邂逅了久别的朋友暖姑，生出了一串故事。这些故事被我改头换面之后，写成了一篇名为《白狗秋千架》的小说。这篇小说我至今认为是我的好小说。每次探家总有对故乡的崭新的发现，总有对过去认识的否定。纷繁多彩的农村生活像一部浩瀚的巨著，要读完它、读懂它并非易事，由此我也想到了文人的无聊和浅薄。这一次，又有什么稀奇事儿等待着我去发现呢？根据柳树上纸条的启示，用某学院文人们的口头禅说，这一次的节目将"更加激烈，更加残酷"。葵花，黄色的葵花地，是葛利高里和阿克西妮亚幽会的地方，是一片引人发痴的风流温暖的乐园。我跑到它跟前时，已经出气不迭。粗糙的葵花叶片在温存的西风吹拂下欻啦啦响着，油铃子、蟋蟀、蝈蝈欢快又凄凉地叫着，后来给我带来无数麻烦的女婴响亮地哭着。她的哭声是葵花地音响中的主调，节奏急促、紧张，如同火烧眉毛。

我从没有看到过成片的葵花。我看惯了的是篱笆边、院墙边上稀疏种着的葵花，它们高大、孤独，给人以欺凌者的感觉。成片的葵花温柔、亲密、互相扶持着，像一个爱情荡漾的温暖的海洋。故乡的葵花由零散种植发展到成片种植，是农村经济生活发生重大变革的生动体现。几天之后，我更加尖刻地意识到，被抛弃在美丽葵花地里的女婴，竟是一个集中着诸多矛盾的扔了不对、不扔也不对的怪物。人类进化至如今，离开兽的世界只有一张白纸那么薄；人性，其实也像一张白纸那样单薄脆弱，稍稍一捅就破了。

葵花茎秆粗壮，灰绿色，下半截的叶子脱落了，依稀可辨脱叶留下的疤痕，愈往上，叶片茂盛得愈不透光。叶色黑绿，不光滑。碗大的无数花盘挑在柔软的弯颈上，像无数颗谦恭的头颅。我循声钻进葵花地，金子般的花粉雨点般落下，落在我的头发上和手臂上，落进我的眼睛里，落在被雨水拍打得平坦如砥的土地上，落在包裹婴孩的红绸子上，落在婴孩身旁三个宝塔状的蚁巢旁边。熙熙攘攘的黑色蚂蚁正在加紧构筑着它们的堡垒。我猛然感到一阵蚀骨的绝望，蚂蚁们的辛苦劳动除了为人类提供一点气象的信息外，其实毫无价值。在如注的雨水下，高大的蚁巢连半分钟也难以支撑。人类在宇宙上的位置，比蚂蚁能优越多少呢？到处都是恐怖，到处是陷阱，到处都是欺骗、谎言、尔虞我诈，连葵花地里都藏匿着红色的婴孩。我是有过扔掉她走我的路的想法的，但我无法做到。婴孩像焊接在了我的胳膊上。我心里好几次做出了扔的决定，但胳膊不听我的指挥。

我回到三棵树下，再一次研究那纸条上的字。字们狰狞地看着我。田野照旧空旷，苟延残喘的秋蝉在柳树上凄凉地哀鸣，通县城的弯曲的土地上泛着扎眼的黄光。一条癞皮的、被逐出家门的野猫从玉米林里钻出来，望了我一眼，叫了一声，懒洋洋地钻到芝麻地里去了。我看了看婴孩肿胀透明的嘴唇，背起包，提起箱，托着婴孩，往我的家中走。

　　家里的人对我的突然出现感到惊喜，但对我怀抱的婴孩则感到惊讶了。父亲和母亲用他们站立不稳的身体表示他们的惊讶，妻子用她陡然下垂的双臂表示她的惊讶，唯有我的五岁的小女儿对这个婴孩表示出极度的兴奋。她高叫着："小弟弟，小弟弟，爸爸捡回来一个小弟弟！"

　　我自然知道女儿对"小弟弟"的强烈兴趣是父母和妻子长期训练的结果。我每次回家，女儿就缠着我要小弟弟，而且是要两个。每逢这时，我就感觉到父亲、母亲、妻子，用他们严肃的、温柔的、期待的目光注视着我，好像对我进行严厉的审判。有一次，我惶恐地把一个粉红色的塑料男孩从旅行包里摸出来，递给吵嚷着要小弟弟的女儿。女儿接过男孩，在孩子头上拍了一巴掌，男孩头嘭一声响。女儿把男孩扔在地上，哇一声哭了。她哭着说："我不要，这是个死的……我要个会说话的小弟弟……"我捡起塑料男孩，看着他过分凸出的大眼睛里泛动着的超人的讥讽表情，沉重地叹了一口气。父亲和母亲各叹了一口气，我抬起头来，看着妻子黑漆般的脸上，两道浑黄的泪水流成了河。

家里人除女儿外，都用麻木的目光盯着我，我也麻木地盯着他们。我自我解脱般地苦笑一声，他们也跟着我苦笑，无声，只能看见他们泥偶般的脸上僵硬的、流质般的表情。

"爸爸！我看看小弟弟！"女儿在我面前蹦着喊叫。

我向他们说："捡的，在葵花地里……"

妻子愤怒地说："我能生！"

我蔫头蔫脑地说："孩子她娘，难道能见死不救吗？"

母亲说："救得好！救得好！"

父亲始终不说话。

我把婴孩放在炕上，婴孩抽搐着脸哭。

我说她饿了。妻子瞪我一眼。

母亲说："解开看看是个什么孩子。"

父亲冷笑一声，蹲在地上，掏出烟袋，吧嗒吧嗒抽起烟来。

妻子匆匆走上前去，解开拦腰捆住红绸的布条，抖开红绸，只看了一眼，就懊丧地退到一边去。

"看小弟弟！看小弟弟！"女儿挤上前来，手把着炕沿要上炕。

妻子弯下腰，对准女儿的屁股，凶狠地抓了一把。女儿尖叫一声，飞快地逃到院子里，撕着嗓子哭。

是个女婴。她蹬着沾满血污的、皱皮的小腿嚎哭。她四肢健全，五官端正，哭声洪亮，毫无疑问是个优秀的孩子。她的屁股下有一大摊黑色的屎，我知道这是"胎粪"。在红绸子上像软体动物一样蠕动着的是个初生的婴孩。

"丫头子！"母亲说。

"不是丫头子谁家割舍得扔！"父亲把烟袋锅子用力往地上磕着，阴森森地说着。

女儿在院子里哭着，好像唱歌一样。

妻子说："你从哪里抱来的，还给人家抱回哪里去！"

我说："抱回去不是明明送她死吗！这是条人命，你别逼着我去犯罪。"

母亲说："先养着吧，先养着，打听打听看有没有缺孩子的。救人救到底，送人送到家。你们行了这个善，下一胎一定能生个男孩。"

　　母亲，不，全家人，念念不忘的就是要我和妻子交配生子，完成我作为儿子和丈夫的责任。这种要求的强烈程度随着我和妻子年龄的增大而增大，已临近爆发的边缘。这种毒汁般的欲念，毒害着家里人的情绪；每个人都用秤钩般的眼睛撕扯着我的灵魂。我多次想到缴械投降，但终究没有投降。现在，每逢我在大街上行走时，我就感觉到一种深深的恐怖。人们都用异样的目光打量着我，好像我是一个精神病患者抑或外星球上降落下来的人形怪物。我酸苦地瞅一眼无限虔诚地为我祝祷着的母亲，连叹息的力量也没有了。

　　我找出半卷手纸，为女婴擦拭胎屎。成群结队的苍蝇嗅味而来，它们从厕所里飞出来，从猪圈里飞出来，从牛棚里飞出来。汇成一股黑色的浊流，在房间里飞动。炕下的暗影里，成群的跳蚤像子弹般射来射去。胎粪又黏又滞，像化开的沥青，像熬熟的膏药，腥和臭都出类拔萃。我吃力地擦着胎粪，微微有点恶心。

　　妻子在外屋里说："自己的孩子不管不问，好像不是你的种，人家孩子你擦屎擦尿，好像是你亲生的。没准就是你亲生的，没准就是你在外边搭伙了一个大嫂，生了这么个小嫚……"

妻子的语言搀和在嗡嗡鸣叫的苍蝇的漩涡里，把我的脑浆子都给搅澥了。我歇斯底里地吼了一声："够了，先生！"

她不说话了。我盯着她因为愤怒惊惧变成了多边形的脸，听到我的女儿在胡同里与邻居家的女孩嬉闹着。女孩，女孩，到处都是不受欢迎的女孩。

尽管小心翼翼，胎粪还是沾到了我的手上。我感到这是一件挺美好的事情，能为一个被父母抛弃的女婴擦拭她一生中第一泡屎，我认为是我的光荣。我索性用手去擦、用弯曲的手指去刮粘在女婴屁股上的黑便。我斜目看到妻子惊愕得半张开的嘴，突然爆发了一种对全人类的刻骨的仇恨。当然我更仇恨我自己。

妻子前来帮忙。我不对她表示欢迎也不对她表示反对。她走上前来，熟练地整理褯褓；我机械地退到后面，舀一点水，洗着手上的粪便。

我听到妻子喊："钱！"

我提着手站起来，看到妻子左手捏着一方剥开的红纸，右手捏着一把破烂的钱票。妻子扔下红纸，吐着唾沫，数着手里的钱。她数了两遍，肯定地说："二十一块！"

我发现她的脸上生出一些慈祥的表情。我说："你把莎莎小时用过的奶瓶拿出来涮涮，冲些奶粉喂她。"

"你真要养着她？"妻子问。

"那是以后的事，先别饿死她。"我说。

"家里没有奶粉！"

"你到供销社买去！"我从衣袋里摸出十元钱，递给她。

"不能用咱们的钱，"她晃晃手中那沓肮脏的钱票，说，"用她自己的钱买。"

一只蟋蟀从潮湿的墙角上蹦起来，跳上炕沿，在红绸子上弯弯曲曲地爬动。蟋蟀咖啡色的肉体伏在深红的绸子上，显得极端严肃。我看到它的触须神经质地颤抖着。女婴从襁褓中挣扎出一只大手，举到嘴边吮着，那只手巴骨上裂着一些白色的皮。女婴一头乌发，两扇耳朵很大，半透明。

不知什么时候，父亲和母亲也站在了我的身后，看着饥饿的女婴啃食拳头。

"她饿了。"母亲说。

"人什么都要学，就是吃不用学。"父亲说。

我回头看着两位老人，心里涌起一股滚热的浪潮。他们像参拜圣灵一样，与我一起，瞻仰着这个也许能成为盖世英杰的女婴布满血污的面孔。

　　妻子买回来两袋奶粉，一袋洗衣粉。我亲自动手，冲了一瓶奶，把那个被我女儿咬烂了的乳胶奶头塞到女婴嘴里。女婴晃了几下头，便敏捷地咬住了奶头，紧接着她的喉咙里发出了呼噜呼噜的声响。

　　吃完一瓶奶，她睁开了眼睛。两只黑蝌蚪般的眼睛。她努力看着我，目光冷漠。

　　我说："她在看我。"

　　母亲说："初生的孩子，什么也看不到。"

　　父亲怒气冲冲地反驳道："你怎么知道她什么也看不到？她打电话跟你说啦？"

　　母亲退着走，说："我不跟你抬杠，她能看到，看不到，都随她的便去。"

　　女儿从胡同里跑回来，高声喊叫着："娘，打雷了，上来雨啦。"

　　果然，站在房子里，就听到了西北方向持续滚过推磨般的雷声。通过捅破纸的后窗棂，我看到了那半边天上毛茸茸的乌云。


　　午后，大雨滂沱，瓦檐上的雨水像灰白的幕布垂直挂地，雨声中夹杂着青蛙的叫声。随雨降下的十几条犁铧般的大鲫鱼在院里的积水中泼剌剌跳跃。妻子搂着女儿在炕上酣睡着，父母亲在他们的炕上咻咻吹着气。我把女婴放在一面竹筛子里，端到堂屋正中的一个方凳上。我一直坐在筛子旁，看一会儿发疯般的雨水，又看一会儿躺在筛子里躬躬地安睡的女婴。瓦檐上的流水注到一只翻扣的水桶上，发出时而响亮时而沉闷的急促声响。天色晦暗，堂屋里弥漫着青蓝色的光辉，女婴的脸酷似橘皮的颜色。我生怕她饿着，手持着奶瓶，像持着一个救火器。每当她把嘴巴咧开要啼哭时，我就把奶头塞到她嘴里，把她的啼哭扼杀在萌芽状态中。一直到奶汤从她嘴里溢出来时，我才猛然醒悟：婴儿不但能饿死，同样也能撑死。我停止喂奶，用毛巾擦净她眼窝里和耳轮里的奶汁，焦灼地看着干劲不减的雨水。我深深地感到女婴已经成为我的累赘。如果没有她，此时我应躺在炕上睡觉，恢复连续乘车的疲劳。因为有了她，我只能坐在僵硬的凳子上，观赏枯燥的暴雨了。如果没有我，她也许已被暴雨灌死了，灌不死也冻死了。她也许早被汹涌的水流冲到沟里去，饥饿鱼群已经开始吮吸她的眼珠了。

院子里有一条雪白的鲫鱼搁浅在青砖甬路上。它平躺着，尾巴啪啪地抽打着甬路，闪烁出一圈黯淡的银光。后来它终于跃进甬路下的积水里。它直起身子，青色的背脊像犁铧般地划开水面。我很想冒雨出去把它抓获，使它成为父亲佐酒的佳肴。我忍住了，并不仅仅因为雨水会打湿我的衣服。

在那个急雨如乱箭的下午，我忍受着蚊虫的骚扰，考察了故乡弃婴的历史。我不必借助任何资料就把故乡的弃婴史理出了一条清晰的线索，我用回忆的利喙把尘封的历史啄出了一条幽暗的隧道。我在这条隧道里穿行，手和脚都触摸着弃婴们冰凉的白骨。

我把这些被抛弃的婴孩大致划分为四类，仅仅是大致划分，因为这四类婴孩有时处于一种交叉境况。

第一类系因家庭生活困难、无力抚养，被溺杀在尿罐里、抛弃到路边者。这种情况多发生在解放前，没有计划生育措施的情况下。这一类弃婴现象好像具有世界性的普遍意义，我记得日本有两篇小说，一篇名为《桑孩儿》，是水上勉写的；另一篇名为《陆奥偶人》，记不清作者名字了，好像就是著名小说《楢山节考》的作者。《桑孩儿》和《陆奥偶人》写的都是弃婴的事。《桑孩儿》里的弃婴就是把婴孩活活地扔到桑林洞穴里——有生命力极顽强者，在洞穴里呆一夜尚能呱呱啼哭，这种孩子往往被抱回去继续抚养。陆奥的弃婴方式则是在婴儿降生后，第一声啼哭没及发出之前，把婴孩倒竖在热水中溺死。他们认为婴孩未啼哭前是没有感觉的，这时把他溺死，是不违反人道的。一旦婴孩啼哭之后，就只能养着他了。这两种弃婴方式在我的故乡都曾存在过，这两种方式产生的原因一如上述——我是按弃婴的原因来为弃婴分类的。我相信在漫长的岁月里，故乡有许多婴儿是死在尿罐里的，这种杀婴方式似乎比日本陆奥的杀婴方式还要肮脏残忍。当然，我即便是问遍乡里苟活的老人，也难问出一个确凿的杀婴者。但我回忆起他们坐在篱笆边或断墙边闭目养神时的情景，我认为他们脸上的表情都是杀婴者的表情，他们中肯定有人在尿罐里溺杀过亲生儿女，或者把亲生儿女扔到路边冻饿而死——这类婴孩是无人要捡的。所以，把活着的婴孩扔到路边或是十字路口，似乎比把他溺杀在尿罐里要人道一些，其实这不过是那些贫穷善良的父母们的自我安慰罢了。这些活着送出去的孩子，生机委实渺茫得很，他们恐怕绝大多数都饱了饥肠辘辘的野狗肚腹。

第二类被抛弃的婴孩是有先天性的生理缺陷或是怪胎。这类婴孩连进尿罐的资格都没有。一般情况下都是由婴孩的父亲在太阳出山前寻一僻静地方活埋掉。填土时，还要在婴孩的肚腹上压上一块新砖，防他来年又来投胎。但情况也有例外，解放初期我们故乡有一个大名赫赫的区长李满子，就是一个先天性的兔唇。

第三类弃婴是"私孩子"。"私孩子"是一句很厉害的骂人话，故乡有姑娘们被激怒时，往往用这句话詈骂仇敌。"私孩子"就是未婚的大闺女生的孩子。这类孩子一般来说大都聪明漂亮，因为凡懂得偷情的少男少女，都不是蠢货。这一类弃婴成活的可能性较大，缺少子女的夫妻愿意抱养这类孩子，往往事先就联系好了，到时由孩子的父亲趁夜送到抱养者家门口。也有弃置行人易见处的。私孩子的襁褓里多多少少总有一点财物。私孩子里有男婴，而前两类弃婴里，除有生理缺陷十分严重者外，一般无男婴。

解放后，由于经济生活的进步和卫生条件的提高，弃婴现象已大大减少，进入八十年代之后，弃婴现象又开始出现，而且情况倍加复杂。这类弃婴绝对无男孩。从表面上看，是计划生育政策把一些父母逼成了野兽，但深入考察，我明白，重男轻女的传统观念，是杀害这些婴儿的罪魁祸首。我知道也不能对新时代的弃婴者施行严厉的批判，我知道我如果是个农民，很可能也是一个抛弃亲生女儿的父亲。

这种现象不管多么有损于人民共和国的光辉声誉，

它还是客观存在着的，而且短时间内难以根绝。生在臭气熏天的肮脏村落里，连金刚石的宝刀也要生锈，我现在才似乎有些"悟道"了。

暴雨经夜未停，平明时分，乌云破散，射出一道血红的湿热阳光。我把女婴端到妻子炕上，求妻子照应着，然后踩着浑浊的雨水，涉河去乡政府请求帮助。走在胡同里时，我看到那道由高粱秆夹成的篱笆已被风雨打倒在地上，篱笆上蓊郁的牵牛花泡在雨水里，紫色的和粉红色的牵牛花从水中擎起来，对着初晴的天空，好像忧悒地诉说着什么。篱笆倾倒，障碍撤销，一群羽毛未丰的半大鸡冲进去，疯狂地啄食着碗口大的白菜。河里正在涨水，石条搭成的小迈桥微露水面。水声哗哗地从桥石边缘的浪花上发出。我跳桥时崴了脚，走上河堤还瘸了几十步，心想此兆非吉兆，去乡政府也未必能出手这个婴儿，但还是奔着乡政府那一片红瓦房，一瘸一颠地走得生动。

大雨抽打得乡政府院子里房屋的建筑材料格外新鲜，红砖绿瓦，青皮竹竿，都油汪汪地闪亮。大院里人声不闻。一条尖耳削尾的杂种小狼狗卧在一条水泥台阶上，对着我睁睁眼睛，又慢慢地眯缝起来。我寻找着门口上钉着的木牌，找到办公室，然后敲门。门响三声时，忽听到身后一阵风响，腿肚子上起了一阵锐利的痛楚。急回头看时，那条咬了我一口的小狼狗又舒适地趴在水泥台阶上。它依然不吱声，伸出红舌舔舔唇，然后报我一个友好的笑容。它咬了我一口我还对它充满好感，一点也不恨它。我想这条狗是条伟大的狗。我开始考虑，它为什么要咬我呢？它不是无缘无故地咬我，世上没有无缘无故的爱，也没有无缘无故的恨。它咬我一定是要我在痛苦中顿悟。真正的危险来自后方不是来自前方，真正的危险不是龇牙咧嘴的狂吠而是蒙娜丽莎式的甜蜜微笑。不想不知道，一想吓一跳。狗，谢谢你，你这条尖嘴巴的满脸艺术色彩的狗！

我的裤管上黏腻腻的，热乎乎的，可能流的是血。我为别人流血时，喝了我的血的人转眼就骂我：你的血太腥！滚吧！这个被抛弃的女婴，会不会也骂我的血太腥呢？

绿漆剥落的房门骕啦一声打开了，迎着我的面站着一个黑铁塔般的大汉子。他打量我几眼，问："找谁？"

我说："找乡里领导。"

他说："我就是。屋里坐吧。你，你的腿淌血啦，怎么搞的？"

我说："被你们的狗咬的。"

黑汉子脸上变色，怒冲冲地说："哎哟，你看这事！对不起。这都是苏疤眼子干的好事！人民政府，又不是地主宅院，为什么要养看家狗？难道人民政府怕人民吗？难道我们要用恶狗切断与人民的血肉关系吗？"

我说："不是切断，而是建立起血肉联系。"我指指伤腿说。

伤口里的血顺着腿肚子流到脚后跟，由脚后跟流到鞋后跟，由鞋后跟流到红砖地面上。我的血泡胀了一根挺长的烟蒂，"前门"牌香烟，我看清了商标。烟丝子菊花黄。

黑大汉高声喊叫："小王！小王！"小王应声跑来，垂手听候吩咐。大汉说："你把这位解放军同志护送到卫生院上药。开个报销单回来报销。回来时去粮管所夏所长那里借支土枪，把这条狗打死！"

我站起来，说："领导，我不是为这事来的，我有紧要事向领导汇报。腿上的伤我自己去治，狗让它好好活着，它挺好的，我挺感谢它的。"

"不管你谢不谢它，我们迟早是要把它打死的！太不像话了，你不知道，它已经咬伤了二十个人！你是第二十一个！不打死它还会有人被它咬伤。"黑大汉说，

"乱子够多了，还来添乱！"

我说："领导，千万别打死它，它咬人自有它的道理。"

"行啦行啦！"黑大汉挥一下手，对我说，"你有什么事？"

我慌忙抽出一支烟敬给他，他果断地摆摆手，说："不抽！"

我有些尴尬，点火抽着烟，战战兢兢地说："领导，我捡了一个小女孩……"

他的目光像电火一样亮了一下，鼻子里唔了一声。

"昨天中午，在三棵树东边的葵花地里，女婴，用红绸子包着，里边有二十一块钱。"

"又是这种事！"他心烦意乱地说。

"我不能见死不救啊！"我说。

"我说让你见死不救了吗？我是说又是这种事！又是这种事！你不知道乡里压力有多大。土地一到户，农民们自由了，养孩子也自由了，养，养，一个劲儿地养，养不着男孩死不罢休！"

"不是实行独生子女政策吗？"

他苦笑一声："独生？二生、三生、四生、五生都有了！十一亿人口？太谦虚啦，只怕十二亿也有了！哪个乡里也有三百二百的没有户口的黑孩子！反正肉烂在锅里，跑不出中国去！"

"不是有罚款政策吗？"

"有啊！生二胎罚款两千，生三胎罚四千，生四胎罚八千！可这不管用啊！有钱的不怕罚，没有钱更不怕罚。你是东村的吧？认识吴二牙？他生了四胎了，没有地，有三间破屋，屋里有一口锅，一个瓮，一条三条腿的桌子，你罚吧！他说：'我没钱，用孩子抵债吧，要一个给一个，要俩给俩，反正是女孩。'你说怎么办？"

"强行结扎……不是有过这种事吗？"我小心翼翼地问。

"有啊，这几天正搞得热火呢！可他们比狗鼻子还灵，一有风声就跑，跑到东北去躲一年，开春回来，又抱回一个孩子！我手里要有一个加强连才行，他妈的！这等鸡巴事，不是人干的！我晚上都不敢走夜路，走夜路要挨黑石头！"

我的被狗咬伤的腿抖了一下。

他嘲讽地笑了笑。

通过敞着的门，我看到了那条安详地趴在水泥台阶上的小狼狗。我知道它的生命安全极了，粮管所夏所长家也决不会有什么土枪。

"我捡的女婴怎么办？"

"没法办！"黑汉子说，"你捡着就是你的，养着吧。"

"领导，你就这种态度？又不是我的孩子，凭什么要我养着？"

"你不养着难道要我养着？乡政府又不是托儿所。"

"不行，我不能养。"

"那你说怎么办？你自己捡来的孩子，又不是乡政府逼你捡的。"

"我把她送回原地去。"

"随你的便。不过，她要是在葵花地里饿死、被狗咬死，你可就犯了杀婴罪了！"

我的喉咙被烟呛住了，咳嗽，流泪。

黑大汉同情地望着我，为我倒了一杯茶过来，茶杯上的泥垢足有半钱厚。我喝了口茶，望着黑大汉。

他说："你去打听打听，看有没有孤寡要抱养孩子的，没有，你就只好养着她。你的家属在农村？有了一个孩子？你养着她，想落户口就算你生了二胎，罚款两千元！"

"王八蛋！"我把茶杯高举起来，然后轻轻地放下。我眼里噙着泪说："领导，这个世界上还有没有正理公道？"

领导龇出一口结实的黄板牙，笑了。

我的腿奇痒难挨，一见到地上汪着的雨水就颤抖。我想，八成是得了狂犬病了。我的牙根也发痒，特别想咬人。黑汉子在我身后喊："你别着急，总会有人要的，乡里也帮你想办法。"

我只是想咬人。


三天过去了，女婴吃光了一袋奶粉，拉了六泡大便，撒了十几泡小便。我向妻子乞讨到四块尿布，轮流换洗。妻子非常不情愿把尿布借给我用。她的尿布是为她未来的儿子准备的，都叠得板板正正，洗得干干净净，像手帕一样，一摞摞摆在箱子里。我从她手里把尿布接过来时，看到她脸上悬挂着对我的沉甸甸的谴责。

女婴胃口极好，哭声洪大有力，简直不像个初生的婴儿。我蹲在筛子旁为她喂奶时，看着她吞没了整个奶头的小嘴，看着她因疯狂进食脸上出现的凶残表情，心里泛起灰白的寒冷。这个女婴令我害怕，她无疑已经成为我的灾星。有时我想，我为什么要捡她呢？正像妻子训导的一样：她的亲生父母都不管她了，你充什么善人？你"扫帚捂鳌算哪一枝子"？我蹲在盛女婴的竹筛子旁边时，经常想到那片黄光灿烂的葵花地，那些碗口大的头颅沉重地低垂着，机械地、笨拙地围着自己的茎秆转动，黄色的花粉泪珠般落在地上，连蚂蚁的巢穴都淹没了……

　　我嗅到腿上被狗咬出的伤口已经开始散发腐败的气息，苍蝇围绕着它盘旋。苍蝇装着满肚子的蛆虫，像挂满了炸弹的轰炸机。我想这条腿可能要烂掉，烂得像个冻僵了的冬瓜。当我施行了截肢手术，架着木拐，像挂钟般悠来荡去的时候，这个女婴会怎么想呢？我还能指望她对我感恩戴德吗？不可能，绝对不可能。我每次为别人付出重大牺牲后，得到的总是别人对我刻骨的仇恨和恶毒的詈骂，最恶毒的詈骂。我的心已经被伤透了，被戳穿了。当我把被酱油腌透的心献给别人时，人家却往我的心上撒尿。我恨透了丑恶的人类，当然包括这个食量颇大的女婴。我为什么要救她？我听到她在愤怒地质问我：你为什么要救我？你以为我会感谢你吗？没有你我早就离开了这个肮脏的人世，你这个执迷不悟的糊涂虫！应该让那条狗再咬你一口。

　　我胡思乱想着，突然发现饱食后的婴儿脸上绽开一个成熟的微笑。她笑得那么甜，像暗红色的甜菜糖浆。

她的腮上有一个豆粒那么大的酒窝，她的印堂正中正在
蜕皮，她的扁长的头颅正在收缩，变圆。一切都说明，
这是个漂亮的、健康的女孩。面对着这样热诚的、像葵
花一样辉煌的生命——我又一次想到金黄的葵花地——
我否定自己的不经之想。恨人也许是不对的，那么，让
我好好地爱人吧！哲学教师提醒我：纯粹的恨和纯粹的
爱都是短命的，应该既恨又爱。好吧，我命令自己痛恨
人类又挚爱人类。


　　女婴襁褓里的二十一元钱只够买一袋奶粉了，为女
婴寻找新家园的工作毫无进展。妻子的闲言碎语一天到
晚在我耳畔响。父亲和母亲更像木偶人了，他们常常一
整天不说半句话。他们与我的语言功能发达的妻子形成
了鲜明对照。我的女儿对我捡来的女婴有着强烈的兴
趣，她常常陪着我坐在竹筛旁边，全神贯注地观赏着筛
中的婴儿。我们好像在观赏奇异的热带鱼。
　　如果不能在最短的时间里把这个女婴处理掉，如果
女婴吃完她亲生父母陪送给她的二十一元钱，我知道等
待着我的是什么。我拖着伤腿出发了。我走遍了全乡十
几个村庄，拜访了所有的缺少儿女的家庭，得到的回答
几乎都是一样的：我们不要女孩，我们要男孩。我以前

总认为我的故乡是个人杰地灵的地方，几天的奔波完全改变了我的印象。我见到了那么多丑陋的男孩，他们都大睁着死鱼样的眼睛盯着我看，他们额头上都布满深刻的皱纹，满脸的苦大仇深的贫雇农表情。他们全都行动迟缓，腰背佝偻，像老头一样咳嗽着。我更加深刻地体会到了人种的退化。这些严酷地说明全该淘汰的人种都像无价珍宝一样储存在村里。我为故乡的未来深深担忧，我不敢设想这批未老先衰的人种会繁殖出一些什么样的后代。

有一天，我在推销女婴的归途上，碰到了一个小学时的同学。他好像是三十二三岁年龄吧，但看上去却有五十岁的样子。谈到家庭，他凄然地说："还光棍着呢，这辈子就这么着了！"我说："现在不是富了吗？"他说："富是富了一些，可女人太少啦。要是有个姐姐妹妹的，我还可以换个媳妇，我也没有姐姐妹妹。"我说："'乡规乡约'上不是严禁换亲吗？"他狐疑地看着我，说："什么是'乡规乡约'？"我点点头，与他说起我捡到的女婴和碰到的麻烦，他麻木地听着，没有丝毫同情我的表示，只是把我送给他的烟卷儿狠命地抽着。烟卷嗞嗞地燃烧着，他的鼻孔和嘴巴里全不见一丝青烟冒出；他好像把苦辣的烟雾全咽到胃里去了。

五天后他找到我，忸怩了半天后才说："要不……要不就把那女孩送给我吧……我把她养到十八岁……"

我痛苦地看着他比我还要痛苦的脸，等待着他往下讲。

"她十八岁时……我才五十岁……没准还能……"

我说："老兄！你别说了……"

我用自己的钱为女婴买了两袋奶粉，妻子捧碎了一个有缺口的破碗。她非常真诚地哭着说："不过了！不过了！反正你也不打算过了。俺口里不吃腚里不拉地积攒着，积攒着干什么？积攒着让你给人家的孩子买奶粉？"

我说："孩子他娘，你别折磨我了！你看不到我整天东奔西窜地为她找主吗？"

"你本来就不该捡她！"

"是的是的，我知道，可已经捡来了，总不能饿死她。"

"你多好的心肠！"

"好心不得好报，是不是？看在多年夫妻的分上，你就别絮叨啦，有什么主意就告诉我，咱们齐心协力把这个孩子送出去。"

"送走这个孩子咱自己再生一个！"妻子努着嘴，用类似撒娇的口气说。

"生！"我说。

"生个男孩！"

"生！"

"最好一胎生两个！"

"生！生！"

"你到医院找咱小姑去，让她帮着想想办法。城里的孤寡老人常有找咱小姑要孩子的。"

这是最后的斗争了。如果在医院妇产科工作的姑姑也不能帮我把这个女婴推销出去，十有八九我就成了这个女婴的养父了。这样的结果对我对女婴都将是一场无休止的灾难。夜里，我躺在炕上，忍受着跳蚤的攻击，听着妻子在睡梦中的咬牙声、吧唧嘴唇声和粗重的呼噜声，心里冰凉冰凉。我悄悄爬下炕，走到院子里，仰望着满天愁苦的星斗，好像终于觅到了知音。露水打湿了我的背膊，鼻子酸麻，我忽然悟到我必须珍惜自己的生命，我一直在为别人活着，从此之后，我应该匀出一点爱来留给我自己。回到屋里，我听到女婴在筛子里均匀地喘息着，摸到手电筒，揿亮，往筛子里照照。女婴又尿了，尿水顺着筛子网眼漏到地上。我为她换了尿布。老天保佑，但愿这是我最后一次为她换尿布。

小姑姑刚为一个妇女接完生，穿着白大褂，带着满头汗水和遍身血污，瘫坐在椅子上喘气。一年不见小姑姑，她老了许多。见到我进来，小姑姑欠欠身表示欢迎。那个安护士在里屋收拾器械，一个新生儿在产床上呱呱地哭。

我坐在我去年坐过的安护士的座位上，与姑姑对着面。那本贴满胶布的妇产科教程还摆在安护士的桌子上。

姑姑懒洋洋地问："你又来干什么？去年你来了一趟，回去写了一本书，把你姑糟蹋得不像样子！"

我羞惭地笑了，说："没写好。"

姑姑说："你还想听狐狸的故事吗？早知道连狐狸的事也能往书里写，我给你讲一火车。"

姑姑不管我愿不愿意听，不顾接生后的疲劳，又滔滔不绝地讲起来。她说去年冬天，胶县南乡一个老头清晨捡粪时碰到了一个断腿的狐狸，便背回家将就养着。看看狐狸腿上的伤要好时，老头的儿子来了家。老头的儿子在部队上是个营长，愣头小伙子，一见他爹养着只狐狸，二话没说，掏出匣子枪，嘭咚一枪，把个狐狸给崩了。崩了还不算，把狐狸皮也剥了，钉在墙上风干着。老头吓坏了，儿子却像没事人似的，恣悠悠地唱小曲儿。第二天晌午头，割了牛肉包饺子，儿子亲自动手，剁馅，切上芫荽梗、韭菜心、大葱白，倒上香油、酱油、胡椒粉、味精，别提有多全味了。饺子皮是用头箩白面擀的，又白又亮，像瓷碗片一样。包好了饺子，烧开了水，呼隆呼隆下了锅。锅里热气冲天，一滚、两滚、三滚，熟了。儿子抄起笊篱，往锅里一捞，捞上来一笊篱驴屎蛋子，又捞一笊篱还是驴屎蛋子，再捞一笊篱还是驴屎蛋子。儿子吓草鸡了。夜里，家里所有的门窗一齐响，儿子掏出枪来，怎么勾也勾不动机。实在没法子了，只好给狐狸出了大殡。

小姑姑肚子里鬼狐故事三天三夜也讲不完，而且全都讲得有时间、地点，证据确凿，你必须相信。我真为小姑姑遗憾，她应该去编撰《续聊斋志异》。

讲了半天鬼狐，姑姑也恢复了精神。产房里婴儿呱呱地哭。安护士摔门出来，气愤地说："哪有这样的娘，生出孩子来，拍拍腚就跑了。"

我用探询的目光看着姑姑。

姑姑说："是黑水口子的老婆，生了三胎了，三个女孩，这一胎憋足了劲要生个儿子，生出来一看，还是个闺女。他男人一听说又生了个闺女，赶着马车就跑了。世界上难找这样的爹。女人一看丈夫跑了，从产床上跑下来，提上裤子，哭着跑了。连孩子都不要了。"

我跟着姑姑到产房里看那个被抛弃的女婴，这个女婴瘦小得像只风干猫，身体不如我捡到的女婴胖大，面孔不如我捡到的女婴漂亮，哭声不如我捡到的女婴洪大。我感到了些许的欣慰。

姑姑用手指戳着女婴的小腹说："你这个懒孩子，怎么不多长出一点来！多长一点你是宝贝疙瘩香香蛋，少长一点你是万人嫌恶臭狗屎。"

安护士说："怎么办呢？放在这里怎么办呢？"

姑姑看着我，说："三子，你把她抱回家去养着吧，我看过孩子的爹娘，五官端正，身材高大。这个孩子也差不了，养大准是个好闺女。"

没等姑姑把话说完我就逃跑了。

我坐在葵花地里发愣，潮湿的泥土麻木着我的屁股和下肢，我也不愿站起来。葵花圆盘上睫毛般的花瓣已经发黑，卷曲，圆盘上无数黑色的籽眼像无数黑色的眼睛盯着我。没有阳光，因为空中密布着破絮般的灰云。

葵花六神无主，悲哀地、杂乱地垂着头。板平的泥地上，黑蚂蚁又筑起了几座城堡，比我那天见到的更伟大更壮观，它们不知道将来的急雨会再次轻而易举地把它们的城堡夷平，哪怕它们的巢穴是蚂蚁王国建筑史上最辉煌的建筑。没有一点点风，葵花地里沉闷得像个蒸笼，我酷似蒸笼里的一只肉味鲜美的鸭子。我想起在一个城市里，发生过的一个美丽的故事：一个美丽温柔的少妇，杀食年轻男子。股肉红烧，臀肉清蒸，肝和心用白醋生蒜拌之。这个女子吃了许多条男子，吃得红颜永驻。我想起在故乡的遥远的历史里，有一个叫易牙的厨师，把自己亲生的儿子蒸熟了献给齐桓公，据说易牙的儿子肉味鲜美，胜过肥羊羔。我更加明白了，人性脆弱得连薄纸都不如。风来了，粗糙的葵花叶片在我头上粗糙地摩擦着，发出粗糙的声响。粗糙的葵花叶片像砂纸一样打磨着我的凸凹不平的心，我感到空前的舒适。风停了，能够发声的昆虫都发出它们最美妙的声音给我听。一个大蚂蚱的背上驮着一个小蚂蚱，附在葵花秆上，它们在交配。在某种意义上，它们和人类一样。它们一点也不比人类卑贱，人类一点也不比它们高尚。然而，葵花地里毕竟充满希望。无数低垂的花盘，像无数婴孩的脸盘一样，亲切地注视着我。它们给我安慰，给我感知和认识世界的力量，虽然感知和认识是如此痛苦不堪。我突然想到小说《陆奥偶人》的结尾了：作者了解了陆奥地方的溺婴习俗后，在回东京前，偶尔进一家杂货店，见货架上摆满了闭目合十的木偶，木偶上落满灰尘。由此作者联想到，这些木偶，就是那些没及睁眼、没及啼哭就被溺杀在滚水中的婴儿……我无法找一个这样的象征来寄托我的哀愁，来结束我的文章。葵花？蚂蚱？蚂蚁？蟋蟀？蚯蚓？……都非常荒唐。什么都不是生活的本来面目。我在我啄出的隧道里，触摸着弃婴的白骨，想着这些并不是不善良，并不是不淳朴，并不是不可爱的人们，发出了无法辨明是哭还是笑的声音。陆奥的弃婴已成为历史了吧？避孕套、避孕环、避孕药、结扎输精输卵管道、人工流产，可以成为消除陆奥溺婴残忍事的有效手段。可是，在这里，在这片盛开着黄花的土地上，问题多复杂。医生和乡政府配合，可以把育龄男女抓到手术床上强行结扎，但谁有妙方，能结扎掉深深植根于故乡人大脑中的十头老牛也拉不转的思想呢？

（一九八六年九月）

# 飞　　艇

　　母亲总是一大早就把我和姐姐喊起来。腊月的早晨，地都冻裂了，院子里杏树上的枯枝咔吧咔吧响着。风从墙壁上的裂缝里尖溜溜地灌进来，我的脸上结着霜花，我的腮上溃烂的冻疮每天夜里渗出一些粉状物，极像白色的霜花。

　　"起来吧，起来吧，兰嫚，金豆，"母亲烦恼地叫着，"早去早回，赶前不赶后。"

　　母亲催促着我和姐姐去南山讨饭。我忘记那是什么年月了。我六岁，姐姐十八岁。姐姐带着我去南山讨饭，是我过去的生涯里最值得回味的事情。飞艇从天上掉下来，一头扎在我们村东河堤上的时候，是腊月里的一个早晨——一想起那时候比现在这时候更加寒冷的气候，我就思维混乱，说话，写文章，都是前言不搭后语，头上一句，腚上一句，说着东又想着西，这是小时候冻出来的毛病，怕是难治好了。

那时候我们村的孩子们都去南山讨饭，不仅仅是孩子去，老婆也去，大闺女也去。太阳刚冒红，我们村里的讨饭大军就向南山进发，一出村时结成一簇，走出半里路就像羊拉屎一样，稀稀拉拉，遍路都是了。我和姐姐总是跑在最前头。我们跑，我们用跑来抵御寒冷；我们一旦不跑，汗水就晞了，空心棉袄像铁甲一样嚓啦嚓啦响，冰凉啊冰凉！我们冻急了，我们对寒冷刻骨仇恨。我大骂："冷，冷，操你的亲娘！"同行的人都被我逗笑了。

方七老爷的老婆龇牙一笑，说："这孩子，好热的家伙，操冷的亲娘，把鸡巴头子给你冻掉了！"

众人更笑，都吸溜吸溜的，鼻尖上挂着清鼻涕。

一群和我差不多大的孩子跟我一起齐声喊叫："冷冷冷，操你的亲娘！"

我们叫骂着，向无边无际的寒冷宣战。我们跟一群对月亮狂叫的狗差不多。但寒冷毕竟是有些退缩，金红色的阳光照在我们冻僵的面颊上、耳朵上，像无数根烧红的针在温柔地扎着。

我曾经多次领略过融化的痛苦。寒冷先让我的脸、耳朵结成冰坨子，阳光又来晒融这些冰坨子。我不怕冻结最怕融化。冻结，刚开始痛一点，也就是十分钟吧，十分钟过后就不痛了，我感觉不到自己的耳朵和面颊是否存在。融化可就不好受了，痛当然是有一些了，最难受的是痒，奇痒奇痒，比痛难受百倍。后来我曾经想过，世上的酷刑，刖足、车裂、指甲缝里钉竹签、披麻戴孝、走烧红的铁鏊子、子弹头撅肋巴骨、活剥皮……听来令人咋舌，不寒而栗，但似乎都可忍受，痛，只要能忍住第一拨，后边的都可忍受；但痒就不同了，痒是一场持续不断的神经战，能令人发疯。当年中美合作所的特务们发明了那么多种酷刑，但唯独没发明使人奇痒难挨的刑法，这真是个遗憾！

　　在阳光下我的脸、我的手、我的耳朵一齐融化，黄水汩汩流淌，腐肉的气息在清凉的空气中扩散，几千只蚂蚁在我的冻疮的溃面上爬着，钻着。我想要是有一把锋利的刀子，把我头颅上的皮肉剔除得干干净净，一定会非常舒适，当然，手背上的皮肉也应该剔除干净，脚趾脚边上应该扎针放血。我的手自己抬起来去搔脸。姐姐厉声喊：

　　"金豆，不许搔脸，搔毒了结紫疤！"

　　姐姐的脸上也有冻疮，但尚未溃烂，一个红豆豆，一个紫豆豆，几十个红豆豆紫豆豆分布在姐姐的腮上，姐姐的脸像个开始变坏的红薯。

奇痒，又不能搔，不用姐姐提醒我也知道我的脸已经不能搔了。它已经跟烂茄子、烂西红柿差不多了。我像一匹活泼的小猴子在地上蹦跳着。我本来可以哭，但哭给谁看呢？我们那儿的俗谚曰：看男人流泪不如看母狗撒尿。

在我们这支讨饭的队伍里，头脸上生疮的并非我一人。一群男孩子都像我一样，在化冻的痛苦中，跳嚷成一群活泼的小男猴。

我们刚刚骂狠了寒冷，现在又要骂温暖了。

依然是我先草创，然后大家共同发展。

"热热热，操你的亲爹！"

"热热热，热热热，操死你的亲爹！"我的朋友们与我一起高呼。

"冷冷冷，操你的亲娘；热热热，操你的亲爹！"我们高呼着，迎着那轮火红的太阳，向着南山跑去。

方家七老妈瘪着嘴说："这群破孩子，冷，你们骂；热，你们还骂。当个老天爷也真是不容易！"

方家七老妈那时就有五十多岁，去年我探家时，听母亲说她不久前死了。这时离飞艇扎在河堤上已有二十多年。

在我的印象里，方家七老妈永远穿着一件偏襟的黑色大袄，袄上明晃晃地涂抹着她的鼻涕和她的孩子们的鼻涕。她的棉袄是件宝物，冬遮寒风，夏挡雨水。而且，在我的印象里，七老妈的怀里，永远抱着一个吃奶的孩子。好像我们家乡的泥玩具里的母猴子永远扛着一只小猴子。七老妈吃不饱穿不暖，但保持着旺盛的繁殖能力。她一辈子生过多少个孩子，她自己是否说得清楚也值得研究。这也许是一种工作的需要。抱着孩子讨饭更能让人同情。俗话说：行行出状元。七老妈是讨饭行里的状元。她是吃百家饭长大的。她是吃百家饭长老的。她一辈子没生过病。

一九六九年，生产队里开诉苦大会。天上布满星，月牙儿亮晶晶，生产队里开大会，诉苦把冤伸。万恶的旧社会，穷人的血泪仇，千头万绪，千头万绪涌上了我的心，止不住的辛酸泪，挂满胸。我们高唱着这支风靡一时的歌曲，等着吃忆苦饭。我特别盼望着开忆苦大会吃忆苦饭。吃忆苦饭，是我青少年时期几件有数的欢乐事中最大的欢乐。实际上，每次忆苦大会都是欢声笑语，自始至终洋溢着愉快的气氛，吃忆苦饭无疑也成了全村人的盛典。

　　究其根本是，忆苦饭比我们家里的幸福饭要好吃得多。

　　每逢做忆苦饭，全村的女人，除地、富、反、坏、右的家属外，几乎都一齐出动。她们把秋天晒出来的干胡萝卜缨子、干红薯叶放在河水中洗得干干净净，用快刀剁得粉碎。保管员从仓库里拿出黄豆、麦子、玉米，放在石磨上混合粉碎。杂粮面与碎菜搅拌，撒上咸盐，浇上酱油——有时还淋上几斤豆油，上大锅蒸熟。我们唱着忆苦歌曲就闻到大锅里逃逸出来的忆苦饭的香气啦。

　　歌唱声停，队长走上台，请方家七老妈上台忆苦。七老妈抱着她的活猴般的孩子，用一只袖子掩着嘴，嚎天哭地上了台。

　　七老妈的诉苦词是天下奇文：

　　"乡亲们呐，自从嫁给方老七，就没吃过一顿饱饭，前些年去南山要饭，一上午就能要一篓子瓜干，这些年一上午连半篓子也要不到了……"

　　队长在台下咳嗽了一声。

　　"要饭的太多了，这群小杂种，一出村就操着冷的娘，操着热的爹，跑得比兔子还快，等我到了那儿，头水鱼早让他们拿了。"

队长说："七老妈，你说说解放前的事儿。"

七老妈说："说什么呢？说什么呢？解放前，我去南山要饭，天寒地冻，石头都冻破了。天上下着鹅毛大雪，刮着刀子一样的小东北风，我一手领着一个孩子，怀里抱着一个孩子，一步步往家里走。腊月二十二，眼见着就过小年啦。长工短工都往家里奔。孩子们冻得一个劲儿地哭，我也走不动了。走到了一个村庄，寻了个磨屋住下来。破屋强似露天地。孩子们不哭了。从面口袋里摸出地瓜干子来，咯嘣咯嘣地吃。后半夜，我觉得肚子不大好，就让两个大孩子到人家草垛上拉把干草，孩子拉草没回来，俺那个小五就落了地。孩子们见我满身的血，吓得又哭又叫。有一个好心的大哥进来看了看，回家端了一盆热汤来，让俺娘儿们喝了。我说，好心的大哥，俺一辈子忘不了你……"

方家七老妈每逢说到磨房生孩子这一段时，必定要掩着鼻子哭。台下心软的娘儿们也跟着唏嘘。

队长振臂高呼："不忘阶级苦！牢记血泪仇！"

人们杂七拉八地跟着呼叫："不忘阶级苦，牢记血泪仇。"

方家七老妈一说起她在磨屋里生孩子的事就没完没了。反过来说一遍，正过来又说一遍。忆苦饭香气扑鼻，勾得我馋涎欲滴。我不知道别人，我只知道我恨不得有支枪把唠叨起来没完没了的方家七老妈从台上打下去。

队长也分明是不耐烦了，他打断七老妈的车轱辘话，说："七老妈，说说以后的事吧！"

七老妈抬起袄袖子擦擦眼睛，把怀里的孩子往上撮撮，迷茫着眼说："后来怎么样呢？后来怎么样啦？后来就好了，后来共产党来了，共产党来了，共产共妻，共房子共地……"

队长跑上台，架着方家七老妈的胳膊，说："老妈老妈，您下去歇歇吧，歇歇就吃忆苦饭。"

方家七老妈横着眼说："就是为着这顿忆苦饭，要不谁跟你唠叨这些陈茄子烂芝麻的破事！盼星星盼月亮，就盼着这顿忆苦饭啦！"

大锅揭开了，人们都围上去。

队长和保管员每人手持一柄大铲子，往人们的碗里铲忆苦饭。队长的眼被蒸气烫得半睁半闭。队长说："受苦受难的穷兄弟们，多吃点，多吃点，吃着忆苦饭，想起过去的苦……"

根本不用队长嘱咐。队长也知道，要不还用他亲自掌勺分配。

　　方家七老妈生着两只蓝色的眼睛，像天真的小狗一样的蓝眼睛。她有两个癖好，一是吮头发，二是舔煤油。


　　飞艇扎在河堤上那天早晨，母亲很早就把我和姐姐喊起来了。我们去南山讨饭必须早走。"南山"，是我们对我们村南四十里外一系列村庄的统称。那里鬼知道为什么富裕，与我们这里相比那里好像天堂。南山的人能吃上地瓜干。

　　姐姐去南山讨饭前，进行着复杂的准备工作。

　　她梳头，洗脸，照镜子。她对着镜子用剪刀刮着牙齿上的黄垢，刮得牙龈上流红血。她还往脸上抹雪花膏。我承认姐姐经过一番收拾是很好看的大姑娘。母亲每每训她："拾掇什么，是去讨饭，又不是让你去走亲戚！"我同意母亲的观点。姐姐反驳道："讨饭怎么啦？蓬头垢面，谁愿意施舍给你！"我同意姐姐的观点。

　　我们一出村头，就看到飞艇从南边飞出来了。太阳刚出，状如盛粮食的大囤，血红的颜色，洇染了地平线和低空中的云彩。遍野的枯草茎上，挂着刺刺茸茸的白霜。路上龟裂着多叉的纹路。飞艇在很远的地方发出过一阵如雷的轰鸣，在原野上滚动。临近我们村庄时，却突然没有了声息。那时候我们都站在村头那条通向南山的灰白道路上，我们挎着讨饭篮，挂着打狗棍（吓狗棍，绝对不能打人家的狗），看到银灰色的飞艇从几百米的空中突然掉下来，掉到离地五六十米高时，它斜着翅膀子，哆哆嗦嗦往前飞，不是飞，是滑翔！我听到飞艇的肚子里噼里咔啦地响着，两股浓密的黑烟从飞艇翅膀后冒出来，拖得很长，好像两条大尾巴。飞艇擦着路边的白杨树梢滑过去，直扑着我们的村庄去了。虽然机器不响，但仍然有尖利的呼啸，白杨树上的枯枝嚓啦啦响着，树上的喜鹊和乌鸦一齐惊飞起来。强劲的风翻动着我们破烂的衣衫。方家七老妈前走走，后倒倒，好像随时要倒地。飞艇像一个巨大的阴影一掠而过。飞艇的巨大的阴影从地上飞掠而过。我们都胆战心惊，每个人都表现出了自己的最丑陋的面容。连姐姐的搽过雪花膏的脸蛋也惨不忍睹。姐姐惊愕地大张着嘴巴，额头上布满横一道竖一道的皱纹。我是期望着飞艇降落到我们村庄里去的，但是它偏不，它本来是直冲着我们的村庄扎下去了，它的肚皮拉断了方六老爷家一棵白杨树的顶梢，一颗像轧场的碌碡那么粗的、乌溜溜闪着蓝光的、屁股上生着小翅膀的可爱的玩意儿掉在我们生产队的打谷场上。后来才知道那是颗大炸弹。飞艇拉断了一棵树，又猛地昂起头，嘎嘎吱吱地拐了一个弯，摇摇晃晃，哆哆嗦嗦，更像个醉鬼，掉头向东来了。飞艇的翅膀上涂满了阳光，好像流淌着鲜血。这时它飞得更低了，速度也更快，体形也更大，连飞艇里的三个人都能看清楚，他们的脸都是血红的。飞艇的巨翅像利剑一样从我们头上削过去，我们都捂住脑袋，在这样的情况下，没有一个人感到自己的头颅是安全的。

方家七老妈双腿罗圈，一屁股坐在地上。她怀里的孩子像老猫一样叫起来。我也许是带头，也许是跟随着众人抱头鼠窜。我们的嘴里都不由自主地发出怪声，准确地形容应该是：一群衣衫褴褛的叫花子在黑色的机翼下，在死神的黑色翅膀下鬼哭狼嚎。我们有的挎着讨饭篮子，有的扔掉了讨饭篮子；有的拖着打狗棍，有的扔掉了打狗棍。这时，我们听到身后一声巨响。

方家七老妈是眼睁睁地看到飞艇扎到河堤上去的。我们村东二百米处就是那条沙质的高大河堤，河堤上生着一些被饥民剥了皮的桑树。飞艇一出村庄就低下了头，尖锐的风声像疯狼的嚎叫，卷扬起地上轻浮的黄土。飞艇半边是蓝色半边是红色。七老妈亲眼看到飞艇的脑袋缓缓地钻进河堤。河堤猛地升高一段，黑色的泥土像一群老鸹飞溅起来。

飞艇的脑袋是怎样缓缓地钻进河堤里去的，方家七老妈亲眼看见了但无法表述清楚。根据她说的，根据她描绘飞艇的脑袋缓缓钻进河堤里去时她脸上表现出的那种惊愕的、神秘的色彩，大概可以想象到，就像我亲眼看到一样：飞艇的粗而圆的脑袋，缓慢地，但却非常有力地钻进河堤上，好像气功大师把运足了气的拳头推在一摊稀泥上。当时太阳很大很红，飞艇的粗大的头颅上涂着一层天国的庄严光辉，它一钻进河堤，河堤立刻就拱起了腰，在那一瞬间河堤上起了一个沙土的弧桥。河堤像一条巨蛇猛地拱起了背。后来大块小块的泥沙用非常快的速度，但看起来非常缓慢地飞到空中去，直线飞上，弧线落下。

飞艇爆炸的情景我是亲眼看到的。我们听到一声巨响时都紧急地回头或抬头看河堤，这时飞艇尚未爆炸，艇头撞起来的泥沙正在下落，飞艇的两扇巨翅和飞艇翘起来的尾巴疯狂地抖动着。紧接着飞艇就爆炸了。

我们首先看到一团翠绿的强光在河堤上凸起，绿得十分厉害，连太阳射出的红光都被逼得弯弯曲曲。随着绿光的凸起，半条河堤都突然扭动起来。成吨的黑土翻上了天。这时候我们才听到一声沉闷的轰响，声音并不是很大，好像从遥远的旷野里传来的一声狮吼。我后来才知道"大音稀声"的道理。这一声爆炸方圆四十里都能听到，不知有多少人家的窗户纸都给震破了。几乎与听到轰响同时，我感到脚下的道路在跳动。路边的白杨树枝哗啦啦地响着，方家七老妈像神婆子跳大神一样跳跃着。

我们扔掉的要饭篮也在地上翻滚着。我看到我们的叫花子队伍像谷个子一样翻倒了，我在感觉着上边那些景象的同时，胸前仿佛被一只无形的巨掌猛推了一下子。我恍恍惚惚地看到无垠的天空上流动着鸢尾花的颜色，漂亮又新鲜，美好又温柔。

几分钟后，我从一丛一丛紫穗槐后爬起来。地上撒着一层黄土，黄土里掺杂着一些乌黑的、银灰的、暗红的飞艇残骸，黄土和飞艇残骸碰撞树枝打击土地的唰唰声还在空中飞舞不愿消逝。飞艇那儿已经燃烧起一团数十米高的大火。火光中间白亮，周围金黄，黑色的烟柱奋勇冲起，直达高天。空气中弥散开扑鼻的汽油味道和烧烤动物尸体的焦香。太阳变得又薄又淡，像一片久经风霜颜色褪尽的剪纸。

我们都灰溜溜地爬起来，怔怔地看着这堆大火，河堤都燃烧起来，我闻到了焦土的味道。堤上的桑树在炽亮的火幕上抖动着，好像舞拳张狂的鸡爪。我们这些生有冻疮的男孩子，比往日提前进入融化期，腮上、耳上、黄水汩汩流淌，不似眼泪，胜过眼泪。但我们都顾不上解冻的痛苦。我们没有人想到去侮辱热的爹。

大火过后，不，飞艇钻进河堤之后，我们这些小叫花子编出了我们的进行曲，我们高唱着进行曲向南山飞跑，飞跑到南山讨饭。事情过去了数十年，我依然一字不漏地记着曲词，儿时的创作更加刻骨铭心吧！


冷冷冷，操你的亲娘，

飞艇扎在河堤上！

热热热，操你的亲爹，

飞艇扎在河堤上！

飞艇扎在河堤上，

烧死了一片白皮桑。

飞艇扎在河堤上，

方家七老妈好心伤，

一块瓦灰铁，

打死了怀中的小儿郎，

流了半斤红血，

淌了半斤白脑浆，

　　七老妈好心伤！

　　飞艇飞艇，操你的亲娘！


　　我们远远地站着，无人敢向前多走一步。火苗子猎
猎作响，灼人的热气一浪连一浪逼过来，把我们脸上的
黄水都快烘干了。

　　后来，村里的所有人都跑到村头来了。独腿的狗皮
老爷虽说是拄着双拐悠来，但他的心也是在向着村头
飞跑。

　　队长站在人堆的最前头，火光刺激得他的眼睛泪水
花花。半个小时过去，火势不见缓减，队长招呼了两个
年轻人，弓着腰向前走，人们都胆战心惊地看着他们。

　　他们到达离火堆七八十米远近时，便停住脚，仔细
地观看。他们的头发像细软的牛毛在头上飘扬。

　　火堆又努力膨胀几下，地皮又在颤抖。空中响起刀
子刮竹般的瘆人的声响。我身后的白杨树干上铮然一
声，响亮刺耳。众人急忙回头，见一块巴掌大的瓦蓝的
钢片，深深地楔进树干里去。钢片是灼热的，杨树的干
燥粗皮被烫出一缕缕雪白的烟雾。后来才知道这是炸弹
皮子。飞艇肚皮下挂着两枚大炸弹，一枚掉在生产队的
打谷场上，一枚被烧爆了。炸弹把飞艇的残骸炸得飞散

四方八面。有的远点，有的近点；有的大点，有的小点；有的扎在越冬的麦苗地里，麦苗上白霜粲然，黑色的麦叶僵着，麦垄上冻土铿锵，是被飞艇残骸砸的；有的砸在堤里青绿色的坚冰上，烫得冰板吱吱地鸣叫，嗞嗞地融化。

究竟是第一次爆炸还是第二次爆炸崩出瓦灰色的钢铁击中了方家七老妈怀中婴孩橄榄般的头颅，至今是个疑案。千方百计地去证明这个问题是出力不讨好的营生。炸弹爆炸后，钢铁碎片像飞蝗一样漫天飞舞，大家都跌倒在地，队长趴在两垄麦苗之间，捂着脑袋，撅着屁股宛若一只偷食麦苗的鸿雁。大家都长久不动，大家伏在地上，听到死亡的灰鸟在蓝得凄凉的空中啾啾地鸣叫，听到庞大的星球沿着缺油的轴咯咯吱吱旋转，大家战战兢兢地从地上爬起来时，一个眼尖的人才看到方家七老妈那件铁甲般的破棉袄上沾着一层红血和白脑浆。

"七老妈，你的孩子！"那人指着七老妈怀里的婴儿说。

七老妈一低头，哇啦一声叫，扯着棉袄大襟一抖擞，那个瘦猫般的赤条条的婴孩就像树叶般飘到地上。七老妈棉袄大襟耷拉着，斜过腿胯，半个漆黑的胸脯裸露出来，三十公分长的袋状乳房垂到肚脐附近。她咧着嘴，瞪着眼，干嚎一声，骂道："飞艇，飞艇，操死你亲娘。"

扔在地上的孩子已经死得很彻底，那么块大铁，对付那么颗小头。七老妈跪在地上，把瓦灰铁从婴孩头上拔出来，然后试图捏拢婴儿豁开的脑袋，捏拢了也是个空壳，何况捏不拢。方家七老妈看样子也不是十分悲痛。她一面捏着婴儿的脑壳，一边继续咒骂飞艇。

大团的火焰已被炸灭，只有一簇簇的小火苗在田野里燃烧。队长他们三个大胆的汉子爬起来，腰依然弓着，继续往飞艇钻堤处靠拢。这时我们看到了河堤上那个乌黑的大洞，飞艇的一扇巨翅斜插进堤里去，青烟从翅翼的斜面上袅袅上升。

队长他们从河堤边走回来，正言厉色地说："乡亲们，回家躲着去吧，没事别出来转悠，飞艇上的东西，谁也不许动，这是国家的财富，谁动谁倒霉。"

方家七老妈说："队长，我的孩子找谁赔？"

队长说："你愿意找谁赔就去找谁赔。"

有人提醒说："方家七老妈，这飞艇是马店机场的，你去找机场的空军赔，保险比你跑一趟南山要的多哩！"

方家七老妈抱起孩子，眨巴着两只蓝眼睛，拿不定主意。

方家七老爷不知从什么地方钻出来，淡淡地说："你还站在这儿干什么？抱回家去找块席片卷卷埋了吧。一岁两岁的孩子，原本就不算个孩子。"

七老妈木偶般地点点头，跟着七老爷往村里走去。

人群懒洋洋地蠕动着，多半回家去，少半还停留在村头上，想着看新鲜光景。

姐姐说："金豆，家去不？"

我当然不愿意回家，这时已日上两竿高，飞艇扎在河堤上，耽误了我们去南山讨饭，家去看什么？在村头上可以看上艇上冒出的绿烟，看飞艇翅膀斜指着天空好像大炮筒子一样，家去看什么？

日上三竿时分，几辆绿色的大卡车从南边开过来，车上跳下一群穿黄棉袄戴皮帽子的空军。他们不避生死地往飞艇翅膀那儿扑。

村里人听到汽车声，又一齐跑到村头。

一个军官模样的人找到队长，跟队长说了几句话。

那军官大概是询问飞艇失事时的情况，队长说不清。队长把我拖出来，说："这个小孩看到了。"

那军官和气地问我："小同学，你看到飞艇扎到河堤上的情景了吗？"

我看到他嘴里那颗灿灿的金牙，一时忘了开口说话。

军官又一次问我。我说："我看到了，我们去南山讨饭的人都看到了。"

姐姐从后边打了我一掌，说："金豆，不要多说话！"

队长说："你让他说嘛！"

我就把早晨见到的情景对军官说了一遍。

军官若有所思地点点头，转身向一个更胖更大的军官汇报去了。

待了一会儿，镶金牙的军官又找到队长，说首长希望社员同志们能帮助回收一下飞机的残骸。队长爽快地答应了。

几十个男人由队长带领着，把分散在麦田里的、冰河里的飞机残骸捡回来，噼里咔啦地扔到卡车上。那根插进河堤里的飞艇翅子费了好大的劲才拔出来，又费了好大的劲抬到卡车上。

据说飞艇上共有三个人，但我们从飞艇残骸里只找到一个肥大的人屁股。这个屁股烧得黑乎乎的，散发着一股扑鼻的焦香。

军官跟队长商量了一下，决定由队长派八个精壮男人，绑扎一副担架，把那块烧焦的人屁股抬到机场去。

队长又爽快地答应了。

　　方家七老爷参加过淮海大战的担架队，很知道担架是怎么个绑法。

　　两辆大卡车缓慢地开走了，担架也绑好了。男人们小心翼翼地把那块屁股抬到担架上，担架上又蒙上了一条被单子。

　　担架队跟着车辙印走去。镶金牙的军官跟在担架后边。

　　我们一群小叫花子恋恋不舍地跟着担架走，好像一群眷恋烤人肉味道的饿狼崽子。

　　临近墨水河石桥时，队长把我们统统轰了回来。

　　我们站在墨水河堤上，一直目送着汽车和担架走成野兔般的影点子。汽车和担架走在我们去南山讨饭的土路上。

　　送屁股的人傍晚才回来，一个个满脸喜洋洋，打着连串的饱嗝，肚子吃得像蜘蛛一样，走路都有些艰难了。我们酸溜溜地听他们说如何吃掉一筐箩白面馒头，如何吃掉一盆豆腐炖猪肉，恨不得把他们的肚子豁开，让那些馒头、豆腐、猪肉稀里哗啦流出来。我从队长的饱嗝里闻到了猪肉的香味——跟那块屁股上的香味差不多。

队长说："乡亲们，机场的首长说了，凡是捡到飞艇上的东西，都给他们送去，一顿犒劳是少不了的。"

我突然想起了飞艇直扑村庄时，在打谷场上空掉下来的那个碌碡那么粗的、乌溜溜闪着蓝光的、屁股上生小翅膀的那个可爱的玩意儿。我的心激动得发抖。

我喊："队长，我看到了！"

队长说："你看到了什么？"

我说："你带我去吃馒头豆腐猪肉，我就告诉你。"

队长说："带你去，你说吧！"

我说："可不兴坑骗小孩。"

队长说："你这个孩子，被谁骗怕啦？快说吧！"

我说："有一个碌碡那么粗的蓝东西掉在打谷场上了！"

人群像潮水般往打谷场上涌去。

打谷场边上确实躺着十几个轧场用的碌碡，但并没有我说的那个蓝玩意儿。人们都怀疑地瞅着我。

我说："我亲眼看到它落下来了。"

人们继续寻找。

打谷场西边上耸着几百捆玉米秸子，人们一捆捆拉开玉米秸子，拉着拉着，那个蓝汪汪的大家伙骨碌碌滚出来。心急者刚要扑上去抢，听到方家七老爷高叫一声:"趴下!别动!是颗炸弹!"

人们齐齐地卧倒,静等着炸弹爆炸。等了半天,也没个动静。刚要抬头,就听到草丛里窸窸窣窣地响,又赶紧死死地俯下头去。又是半个时辰,那草丛里还是响。有大胆的抬头一看,见一只耗子在玉米秸里爬动。

众人爬起来,纷纷往后退。

刚吃过馒头豆腐肥猪肉的一个汉子问:"也许是个臭弹吧?"

方家七老爷说:"不是,玉米秸子垫住了它,它才没响。"

队长说:"七老爷,怎么办?"

七老爷说:"你愿意怎么办就怎么办!"

队长说:"咱们把它抬到机场去吧?"

七老爷说:"谁愿意抬谁就抬,反正我不抬。我在淮海战役中见过这种炸弹,美国造的,一炸就是一个大湾,湾里的水瓦蓝瓦蓝的。"

队长说:"咱们小心点抬。"

七老爷说:"怎么个小心法?美国炸弹十颗里必有一颗是定时的,炸弹肚子里装着小钟表,一到时间就炸,防都没法防!"

一听这话,大家都感到阎王爷向自己伸出了生满绿毛的手，每个人身上的汗毛都扎煞了起来，起初大家都慢慢地后退，退到场边上，不知谁发了一声喊，便一齐跑起来，生怕被炸弹皮子追上。

这一夜全村里都响着一种类似钟表跑动的咔嚓声，大家都忐忑不安，又满怀希望地等待着一声巨响。

（一九八六年十月）

# 苍蝇·门牙

## 苍　　蝇

代管我们的守备区四十三团的徐团长在我们工作站的饭堂里对着我们站全体战士怒火冲天地说："我当兵三十年，转了七个团九个连——我可是从战士、副班长、班长、排长、连长一步步升上来的，五十三岁熬成四十三团团长，不是容易的，所以你们尽管是上级领导机关的兵，我还是不怕犯上作乱地说——军人见了千千万万，还从来没有见过你们单位这种兵。你们一个小战士到了我们团部里就像到了你们家里一样，自己动手倒水喝，在我们冬青树后小便，有一天早晨我起来散步，发现马路上有一泡屎，我研究了半点钟，坚决认为那不是狗屎是人屎，头天晚上你们开车到我们团部看电影——还有你们的车！那是人开的吗？进了我们团部跑得比野兔子还快！那泡屎也一定是你们'七九一'的人拉的，我们四十三团的战士没有那么粗的肛门！（我们一齐大笑，我真喜欢徐团长这个老头，他跟我是一个县的。）笑什么，亲爱的同志们！你们'七九一'直属北京，架大气粗，肛门才粗。当前全国全军形势大好，反击右倾翻案风运动如火如荼，就是如火如荼么！你们不去如火如荼，反而到我们团里去蹲屎橛子，像话不像话！还有，你们的群众纪律问题——"

徐团长手扶着我们饭堂里一张油腻腻臭烘烘的饭桌边缘训话，他的头上是一根从南窗拉到北窗的铁丝，铁丝上伏着连篇累牍的苍蝇，铁丝变得像根顶花带刺的小黄瓜那么粗。今天天气阴沉，苍蝇情绪不是太好，都伏在铁丝上休息，窗外久已堵塞的下水管道泛上来无穷无尽的绿水，臭气浓得像满天的乌云。营院外唐家埠生产大队的养狗场里的臭味是黄色的，营院外唐家埠生产大队的绿豆粉丝作坊里的臭味是蓝色的，还有厕所、沤肥池、马圈等等臭味。五彩缤纷的臭气包围着我们这座小小的兵营。徐团长一面讲话一面抽搐鼻子："你们学不学'三大纪律八项注意'，会唱不会唱'革命军人个个要牢记'？"

我们站的秃得脑袋光明的主任肩上搭着一条葱绿色的白毛巾，左手托着一个水淋淋的西瓜，右手提着一把菜刀，从伙房里颠颠地跑出来，说："徐团长，徐团长，吃瓜，吃瓜。"

徐团长惊讶地叫了一声，半张着嘴不说话，老老实实地看着我们主任。

我们主任面带笑容，放下菜刀，从肩上扯下毛巾，揩干西瓜，放在桌上，把毛巾往肩上搭，搭了一下没搭住，便扬手把毛巾扔在头上的铁丝上，苍蝇们一哄而起，满饭堂乌云翻滚，苍蝇们愤怒地叫着，冲撞着，玻璃窗子和墙壁嘭嘭啪啪地响，铁丝惊恐不安地跳动，我们的耳朵都被苍蝇的尖啸声给震聋了。我们主任大声喊："团长，蹲下！"徐团长慌忙蹲下。主任又对我们喊："都别动，安静，安静，安静。"苍蝇的骚动逐渐减弱，飞行动作变得舒展大方，刺耳的尖啸被轻柔但沉重的嗡嗡声代替。我们坐在小板凳上，呆呆地看着苍蝇。我的浓稠的意识随着苍蝇的飞行舒展地流动，碰到墙壁上，碰到玻璃上，同样嘭嘭啪啪地响。同样如明亮的人造卫星在四四方方的宇宙里飞行，划着一道道淡绿色的弧线……后来我从饭桌的腿空里，看到守备四十三团徐团长金黄色的脸，我想他也许想起了一九五一年在朝鲜战场上趴在战壕里挨轰炸的情景，美国人的飞机也不一定比得上我们工作站饭堂里的苍蝇厉害，要不这个老战斗英雄怎么会把一张黑里透红的脸膛弄得像黄金一样辉煌呢？苍蝇的飞行更加舒缓了，满天星斗般的纷繁状开始变得简洁，变得有条理，苍蝇汇集成了七八股蟒蛇般的带子，在饭堂空间的上半部分蜿蜒扭动，有时互不干涉，有时缠绕在一起，像盘蛇般翻滚。徐团长要站起来，被我们主任按住了肩头，我们主任说："动不得！团长，不能动，要让它们落下。"团长那么委屈地蹲着，我看到他的腿在哆嗦，我想他一定是累了，因为他把左腿跪在了地上，右腿还在哆嗦，我看到他嘴巴动了几下。我听到他骂："我操他妈！"他仰着脸看着苍蝇，下巴上几十根一厘米多高的黄白间杂的胡茬子十分粗壮，生着粗壮黄白间杂胡茬子的徐团长的下巴像一个加工粗糙的蒜锤子。我们主任说："再等一会儿，一会儿，它们就要落下。"

苍蝇像我们工作站院子里那个臭水池水里的沉渣一样，搅动起来后，需要时间沉淀，时间就是耐心，耐心是一种人格力量，我们都久经考验，我们都有点麻木，因此时间也是一种麻木的催化剂，麻木是时间的结晶。

苍蝇们开始有秩序地往铁丝上下落了，铁丝的震颤幅度减小。徐团长把左腿抬起来，把右腿跪下去。我还在被他的下巴吸引着，他的胡子有点像我们警卫班班长的胡子。团长的胡子里白色的多一些，我们班长的胡子里黄色多一些。但团长的下巴形状与我们班长的下巴形状是一样的，都像加工粗糙的蒜锤子。

我们警卫班长肖万艺就坐在我的前边，他用两只手捧着下巴，我看不到他的脸，能看到他那两只带着极端狡猾表情的小耳朵，能看到他的长方形的头，好像有三个脑子装在他的铁砧子一样形状的脑壳里，前凸的部分一个，后凸的部分一个，中间一个。所以我们班长智力过人是有理由的。我们班长是河南焦作人，二十六岁，一九六九年入伍，一九七〇年加入中国共产党。他还是我们工作站的党支部委员，是我们工作站的团支部书记，未婚。据说我们部队驻地生产队会计的老婆——外号"航空母舰"——是我们班长的相好，因为"母舰"的第三个小男孩也有一个长方形的头颅。有人跟我们班长开玩笑说这个男孩是他的儿子，我们班长爽快地承认，并说这是为祖国繁殖优良的三脑人种。

我经过十三天训练从新兵连分配到工作站那天，班长帮我从车上把背包提拎下来，我那么标准地给他敬礼，他抬起手来，像撸鼻涕似的还我一个礼。我当时感到受了极大的侮辱，但是想到自己是"新兵蛋子"，只好忍辱负重。班长的头把一顶油腻腻的军帽撑得像一艘乌篷船，也像一只东北靰鞡棉鞋，我对这件怪物畏若神明，不敢想象这个奇特头颅的制造过程，更不敢想象如此出色扁长的脑袋当初是怎样从狭窄的产道里钻出来的。我入伍前当过一年"赤脚医生"。在万般无奈的情况下，曾经用土洋结合的方法为一个大姑娘接过一次生，那个婴孩脑袋圆溜得像个小皮球一样还生得那般艰难，我们班长是个长方形的砧子头！

已经有二十几只硕大的苍蝇落在微微颤抖着的铁丝上。铁丝上沾满暗绿色的苍蝇分泌物。落下的苍蝇们高支着腿，转动着碧绿的眼睛、转动着鲜红的眼睛、转动着明亮的半透明的眼睛，用棒状的沾着纤细黑毛的前腿蹭着透明的脉络清楚的翅膀，我听到这二十多个苍蝇嘤嘤细语召唤着它们的同伴，它们的同伴却像失去控制似的绞在一起滑翔着旋转。终于有那么一股苍蝇停止旋转，噼里啪啦地掉到铁丝上。这时铁丝上落上了一行苍蝇。苍蝇们一齐转动眼睛刷翅膀，铁丝开始旋转。不久又落下两股苍蝇，铁丝没有了。有了一根南窗户联结着北窗户的手指头那么粗的苍蝇棍子。一线阳光从南窗户里射进来，苍蝇们的彩色眼睛愉快地闪烁着，散发出一圈又一圈的彩色的温暖柔软的波纹。苍蝇拥拥挤挤，苍蝇联结着苍蝇，铁丝为核的苍蝇棍子下垂着，轻轻悠动。还有两股苍蝇在铁丝上方滑翔着，盘旋着，它们发出的声音单调刺耳，透着一股无聊、乏味、耐不得烦的情绪。

我们主任说："团长，起来吧。"我们主任先站起来，顺手又把麻木了双腿的四十三团徐团长拖起来。我们主任一松手，徐团长的双腿便嘟噜一下矮了一截，好像双腿是两根弹簧，耐不得上身的压迫，我们主任慌忙扶他一把，两扶三扶，徐团长才恢复到苍蝇骚乱前那么高。

我们主任从地上捡起毛巾，又扬起胳膊来。徐团长一把攥住我们主任的手腕说："哎哟祖宗，您可千万别惹它们啦，俺是真草鸡啦。当年挨美国炸弹也没有这滋味难受。"

主任说："不搭了不搭了，团长放心。"主任把毛巾放到桌子上，拿起菜刀，从瓜腚上旋下一块皮来擦擦菜刀的两面，擦得那块瓜皮上暗红一片锈，然后，高高地举起刀，喀嚓一声把西瓜切成两半，又喀嚓成三半，又喀嚓成四瓣，喀嚓，六瓣，喀嚓喀嚓七瓣八瓣。我们主任双手端着一瓣瓜，恭恭敬敬地献到徐团长面前，说：

"团长，请吃瓜！"

西瓜不是红瓤是蜜黄色瓤，我们警卫班的战士都知道这西瓜比红瓤西瓜甜。前四天夜里零点，我们班长把我捅醒，说："小管，起来上岗。"我懵懵懂懂地爬起来，拖着半自动步枪到大门口岗楼换他。我说："班长，您回去睡吧。"我打了一个呵欠，嗓子里还像雄鸡打过鸣后噢了一声。黑暗中我们班长那两只美丽的杏核眼贼亮贼亮的，他问我："困吗？"我说："困极了，班长，你把我送到战场上去打一仗，我宁愿让炮弹炸死也不愿站岗。"他说："哪里有他妈的战场，当兵捞不上次打仗的机会，窝囊透了。"我说："战争年代可是靠本事吃饭，一仗打好了，就能弄个团长营长的干干。现在是靠后门，靠舔腚。"班长说："打起仗来老子准是侦察英雄！"我说："班长，不会提你当干部吧？"他说："当屎！"我说："我想学开汽车，回家好找个工作。"他说："就他妈的一辆汽车，有两个司机，轮不到你。"我说："班长，你回家能找到工作吗？""找个屎！"他说，"别唠叨了，你想不想吃瓜？"我说："哪儿有？"他说："你想吃不想吃？"我说："想吃。"他说："跟我走。"我看看从机要工作房里射出来的灿烂光线，听着啾啾乱叫的电子讯号，犹豫道："这岗……"班长说："和平年代，屎事没有，走吧走吧！"

班长让我别害怕，出了事他兜着，我就跟他走。他大背着冲锋枪，我拖着上了顶门火的半自动步枪。我们沿着营院墙边的小路溜到唐家埠大队的苹果园里。苹果园外是沙地，沙地外边是海滩，海滩联结着大海。我们想穿过苹果园到沙地上去，沙地上种着西瓜。

我们在苹果园里穿行着就听到大海的梦呓，一定是非常平滑的长浪从海的深处爬过来，舔一下沙滩又退回去。看园屋子里有条小狗汪汪了两声，便不再理我们，我们也不理它。苹果树冠黑魆魆的，近前可看到毛绒绒的叶片，和叶片间闪闪烁烁的苹果。一股福尔马林药液的味道从苹果树上清淡地散出来。在苹果树间穿行还可以闻到海里的螃蟹味。我想起了包围着营院的五彩缤纷的臭气，不想不知道，一想吓一跳，我非常庆幸跟着班长来。我们其实是在苹果园里大摇大摆地走，班长大背着冲锋枪，我拖了上了顶门火的半自动步枪，苹果树下套种的落花生圆圆的硬币般的叶子被我们的裤子蹭得哗啦哗啦响，或者是我们的裤子被硬币般的圆圆的花生叶子蹭得响。班长顺手从树上撕下一个乒乓球般大小的绿苹果，啃了一口，立刻吐掉。班长说它奶奶的又酸又涩小管你这个小子别睡着啊再有半个月"秋花皮"就熟了有点甜味也酸得厉害还是"金帅"甜再有一个月就熟了"国光"分大小"青香蕉""红香蕉""大红袍""印度青"熟得晚甜得像蜂蜜黏糊嘴唇我一头撞到一棵干粗叶茂的苹果树上。半自动步枪在我手里跳了一下，枪口里迸出一溜火星子，迸出一个响，子弹打着唿哨上了天，又落下海。海声像轻柔的喁喁情语，非常动人。我们班长一个前卧钻进花生棵子里。我心里咯噔一声，毁了！我想，我把班长毙了。毙了班长我也完了，我被人毙还不如自己毙了简单。

"班长——"

我扔下半自动步枪扑到我们班长身上，呜呜地哭起来。班长啊班长，你的三个脑子还没发挥作用就给我毙了，你长了一颗风格鲜明的头颅竟死在我的枪口之下，你还没结婚，班长，虽说"母舰"的三小子的头像你的头但鬼知道他是不是你的儿子……

"你他奶奶的嚎什么！"班长爬起来，对着我的大腿踢了一脚。枪声远去，海里涛声明亮，苹果园里的小狗汪汪汪地叫着。

我惊喜地说："班长，你没死？"

班长抬起袖子揩揩额头，说："别咋呼啦，你这个兔崽子，不是班长我躲得快，早就牺牲啦！"

我笑起来。

班长低声吼："还笑！"

我不笑。

我们蹲在花生棵子里，静听了一会儿。狗不叫了，夜色深沉，星斗璀璨，好像什么事情也没有发生过

"班长，"我低声说，"回去吗？"

"回去干什么？还没弄到瓜呢！"

"要是主任听到枪声来查岗呢？"

"他听不到，听到他也不会起来，他老婆厉害着呢。"

"我少了一颗子弹怎么办？"

"你别吱声，等下次打靶时弄发补上。"

我们站起来。班长让我把枪膛里的子弹退出来。我把枪膛里的子弹退出来。我们走到苹果园与沙地相接的地方。班长示意我蹲下，他也蹲下。这时出来一颗明星，苹果树模糊不清的影子遮掩着我们。找看到琥珀色沙地上种着一大片西瓜，西瓜油亮油亮的，遍地都是。西瓜地外边是雾蒙蒙的大海，只能听到愈到近前愈觉遥远的海声，却看不清海的面孔。也许是因为我紧张得喘息吧，我听到海也在喘息。

班长说："地边上没有好瓜，要吃好瓜必须到地中间里去。"

我觑着西瓜地中央那个碉堡状的看瓜屋子，胆怯地说："叫人抓着怎么办？"我的声音有点哆嗦。

"害怕了？"班长问我。

我点点头。

"连偷瓜都怕，上了战场还不把你吓死！"班长鄙夷地说，"胆小鬼是上不了战场的。告诉你没事，把枪大背起来，跟着我匍匐前进。"

我大背着半自动步枪，跟着班长向瓜地中央匍匐前进。班长爬得很快，像条大蜥蜴。只是他的后脑勺子太高影响了他匍匐前进的质量。我必须在匍匐前进里掺假才能跟上班长的速度。西瓜的藤蔓不是缠住我的手就是缠住我的脚。我听到我弄出来的响声很大，我确实心里发慌，又怕被班长落下，匍匐前进实际上变成了跪地爬进，这样我听到我弄出来的声音更大。西瓜藤蔓更频繁地找我的麻烦，我愤怒地抖擞着它们。

我后来才知道踏住了我的脊梁的是一只沉重的大脚。贫农老大爷王顺儿踩着我的脊梁，双手攥着一柄寒光闪闪的鱼叉，大吼一声："反革命分子，你往哪里跑！"

我感到我的心脏急促地敲打了两下沙土。然后就不跳了。我闻到了沙土里的豆饼味儿和揉烂的西瓜藤叶的味道。王顺儿扯着我的脖领子把我提拎起来，说："反革命，还带着枪！"我这时才看到了鱼叉尖上的寒光。

我们班长从地上一跃而起，笑嘻嘻地说："王大爷，我们在执行任务呢！您老真是老贫农，心红眼亮骨头硬，手握鱼叉干革命，阶级斗争的弦绷得紧。"

"是肖班长啊，哎呀呀！我还以为是偷瓜贼呢！"

"你没听到枪响？"班长压低声音，严肃地说。

"听到了。"王顺儿也降低了调门。

"这不是说话的地方，"班长说，"到你瓜棚里去。"

王顺儿把我们带进瓜棚，要寻火点灯。班长低声说："不许点灯。"

班长美丽的杏核子眼在黑暗的瓜棚里明亮如星，他说："老王同志，你知道吗？不久前天安门广场发生了反革命武装暴动，哎，你是党员吗？是就好，无事不可对党言嘛！国内的阶级敌人一活动，国际上的帝修反遥相呼应，据可靠情报，台湾蒋匪帮近日内可能派遣特务在我沿海登陆，听到适才那声枪响，我们赶快到海边来侦察，我们从西瓜地里爬行，是为了缩小目标，谁知被您这一阵吼——"

我咬牙切齿地不笑。王顺儿局促不安地说："肖班长……"

班长说："别说了。小管，走，到海边看看去。"

班长从背上抢下冲锋枪双手端着，弯着腰出了瓜棚，我抱着半自动跟在他后边。走出西瓜地，又往前走了一截，海滩上热乎乎的沙子流到我的鞋旮旯子里。班长一屁股坐下，脱下鞋来，把脚丫子插到沙土里，冲锋枪扔到一边。班长对我小声说："坐下。"我坐下，也脱了鞋，把脚丫子插进沙土里。我龇牙一笑。班长说："笑什么，严肃点。"我说："到底没吃上瓜。"班长说："什么？你别多说话，待会儿撑死你个兔崽子。"

海近在眼前，但响声更加遥远，班长躺在沙上，面向满天星辰，问我："小管，你和女人睡过觉吗？"

"你说什么呀班长！"我挺不好意思地说。

"这有什么，睡过就是睡过，没睡过就是没睡过。"

"没睡过，真没睡过，班长。"

"小子，骗鬼去吧！"

"那么你呐，班长，跟多少女人睡过？"

"千把个吧！"

"哎哟，我的天！"

班长哧哧地笑了。他忽然问我："高中生，懂得什么是爱情吗？"

我说不懂，请您给讲讲。这么神圣的字眼从他的嘴里冒出来，像狗头上生角一样使我吃惊。

他躺在沙滩上不动，并且闭着眼睛。海声还是那么遥远。海上的雾气似乎淡薄了一些，隐隐约约能看到近处淡白的海面。

班长坐起来，穿好鞋，说："走，吃西瓜去！"

我说："你还没告诉我什么是爱情呢！"

班长说："去去去，吃瓜就是爱情。"

我和班长沿着海滩急跑一段，然后疲惫不堪，气喘吁吁地走进瓜棚。

王顺儿怯生生地问："肖班长，有情况吗？"

班长沮丧地把枪往铺板上一摔，说："你以为特务是聋子？就冲你那一通咋呼，有一个团也跑光了！"

王顺儿说："肖班长……我可不是成心的……我是老贫农、老党员……"

班长说："军法无情，可不管你是什么老贫农老党员！"

"肖班长……"王顺儿好像要哭。

班长说："算啦算啦，你也别害怕，我们回去不提你的事就是啦！算我们倒霉，要不，抓回去个特务，准立大功，你说是不是，小管？"

我说："一定立大功。"

班长说："口渴死了，老王，有凉水吗？"

王顺儿说："班长，您瞧我这个糊涂劲儿！忘了摘瓜慰劳解放军啦！"

班长说："不要不要，解放军不拿群众一针一线！"

老王说："这是哪里的话！军民一家，解放军抓特务辛苦理当慰劳！"

老王提着一个篓子往瓜田走去。

班长伸出手捅了我一下，说："小子，怎么样？"

我看着班长在黑暗中闪烁的眼睛，一时竟语塞了。

老王挎着四个大西瓜进了瓜棚。

班长说："你点灯吧。"

老王划火点亮灯。我看着老王那枯萎的老脸，看着老王那两只惊惶不安的眼睛，突然想起了我的父亲。我的鼻子像被人揍了一拳，酸溜溜地不通气。

老王抱起一个椭圆形的绿皮大西瓜，放在搁板上，抄起一把锃亮的瓜刀，喀嚓喀嚓喀嚓，西瓜裂成四瓣。老王双手端着一瓣瓜递给班长，又双手端着一瓣瓜递给我。老王说："吃吧，解放军同志，吃了不够再去摘。"

班长有两颗凸出的门牙，特别适宜啃瓜皮。他吃瓜一定是久经训练，他把嘴扎到瓜上，像吹口琴一样来回拉动，黑油油饱满的西瓜籽儿一会儿从他左边的嘴角上掉出来，一会儿从他右边的嘴角上掉出来……

我们主任双手捧着一瓣西瓜请四十三团徐团长吃。徐团长余悸未消地看看那根粗壮的苍蝇绳子，怒火冲天地说："你少来这一套！想用西瓜堵住我的嘴？没门！我告诉你。你即使反我的潮流把我打成走资派我也要说！你养着这么多苍蝇！"

团长头顶上最后一股苍蝇正在降落，绳子上的苍蝇极力排斥它们。苍蝇们啮咬着，搏斗着，发出飞机俯冲般的尖啸。团长的又变成了黄金色的脸在不停地哆嗦。苍蝇们终于安定下来，一根像顶花带刺的小黄瓜那么粗的苍蝇绳子横断了贯穿了整个饭堂，悬在团长和主任的头上也悬在我们头上。团长的惊惧传染了我，我意识到了我们熟视无睹的苍蝇的巨大威胁，一个潜在的、随时都会要了我们命的巨大威胁。

四十二团徐团长批评我们不讲卫生，讽刺我们是苍蝇王国，有饲养苍蝇的癖好。他还说回去要派个防化连来彻底消灭"七九一"大院里的苍蝇。我们都麻木地听着，我看到我们班长侧了一下头，脸上露出一个狡猾的笑容。我知道徐团长不了解情况，好像我们站从来就没想法消灭苍蝇似的。他委屈了我们。我们曾喷洒过大量的"敌敌畏"，头两次也确实有效，死去的苍蝇和半死不活的苍蝇把地皮都遮没，一脚踩下去，咯吱咯吱响，听着让人齿底生津。药死一批苍蝇，又飞来更多的苍蝇，后来的苍蝇对"敌敌畏"毫无畏惧，竟有愈喷愈活泼机灵的荒唐效果。

徐团长后来讲的什么我就不知道了，我只看到他的黄金脸上的黄金嘴唇在不停地翕动，我们主任捧着一瓣瓜，像被一个肉眼看不见的大冰壳子锢住了似的。我更多的是看着千千万万连缀在一起压得铁丝低垂的苍蝇们，它们的眼睛汇集成一条浪漫的彩虹，挂在四四方方的空间里，它们的翅膀摩擦出轰轰烈烈的巨响，震疲了我的耳膜。我在片刻的意识泯灭状态中，突然看到苍蝇们的极不规则的、生着无数倒刺挂钩的、半流质的、黏稠的、红中透绿的思想。它包围了我，刺着我、扎着我、胳肢着我、努力渗透着我。我动员了每一个细胞的力量进行着顽强的抵抗，像拔河一样。第一个细胞的失败导致了全线崩溃。我一头扎到我们班长背上。

我在恍惚中听到四十三团徐团长说：反击右倾翻案风动员会到此结束。操他妈妈，我再也不来啦。我们班长说：拿西瓜来。

　　我感觉到蜜黄色的西瓜瓤子触在我的嘴唇上……我躺在空气清新的海滩上，海风挟带着雪白的泡沫从我额上掠过。一只孤孤单单的青青的鸥鸟围着我低低地盘旋着，它好像仅仅看到我的被泡沫濡湿了的贫瘠的额头，而我更希望它能看到我的心。

# 门　牙

　　四十三团徐团长批评我们工作站纪律松弛作风不正派也许是有道理的。刚由新兵连分到工作站第三天晚上，我们班长就跟天津市一个大干部的儿子——我们工作站的业务参谋"磷化锌"打了一架，原因是"磷化锌"把我们班长养的五只老母鸡偷走一只，在值夜班时煮着吃啦。后来我才知道"磷化锌"真名林华欣，是天津市革命委员会办公室主任的儿子。我们班长像老鹰叼小鸡一样把值了夜班白天睡觉的"磷化锌"从被窝里拖出来，拖到我们宿舍门口一个碾盘口那么大的臭水坑边上。正是古历的三月初头，冻人不冻水的时节。"磷化锌"穿着一条大裤衩子，赤着脚，麻秆一样的细腿上生满黑毛，肋巴骨从破背心里露出来。池子里水明如镜，映着飞驰着白云的蓝天和池边那株萌着米粒大花骨朵的小杏树，"干什么干什么，你妈的'小玩意儿'！""磷化锌"骂着，跳换着脚，"干什么？你这个'鼓上蚤'，偷鸡偷到你二大爷头上来了。"我们班长连续屈起膝盖猛顶着瘦骨伶仃的"磷化锌"的尾骨。班长顶一下，"磷化锌"往前一打挺，口里同时叫一声亲妈。班长说："老实交代，我的鸡是不是被你煮吃了？""磷化锌"哼哼唧唧地怪叫着，却不回答问题。班长说："你说不说？不说我把你推到坑里去了——""磷化锌"用力后退着说："是我吃了，肖班长，你放开我，我赔你只鸡就是了。""放开你，便宜，堂堂天津市主任的大公子，偷穷百姓的鸡吃，我让你变只落汤鸡。"班长抬膝顶屁股，伸手推颈子，只一下，就把"磷化锌"给弄到臭水坑里去了。池里沉淀物搅动，清水变成黑水，臭气扑人。林参谋是海河岸边长大的，熟谙水性，顶着一脑袋黑泥爬上来，裤头子汗衫子紧贴着骨头，站在三月的小凉风里瑟瑟打抖，像生理解剖图上的骨骼标本从挂图上跳了出来。

　　几个业务参谋把林参谋抬回去，打热水的，打凉水的，忙成一团。

　　我们秃顶主任手持一根装着黑橡皮头的练刺杀用的木枪，跑到我们班里来训斥我们班长。

"肖万艺，你是共产党员吗？"

"不是你介绍我入的吗？"

"共产党允许打人吗？"

"共产党允许偷鸡吗？"

"他偷鸡不对你把他推进坑里难道就对了吗？"

"按说也不对。"

"是么是么，承认了错误就是好同志么！"

"我承认错误啦！"

"没事啦，有空给林参谋道歉。"

"他要不要给我道歉？"

"当然要。"

"那就算了吧，主任，他给我道，我再给他道，跟不道不是一样吗？"

"去你们的。小肖，带着新同志好好训练，先练射击，后练投弹。"

"是，主任。"

止说着呢，就见一个女人饿鹰般从家属小院那边飞过来。扯住我们主任又撕又掳又叫唤："老头子老头子你不给我做主谁给我做主杜家那个卖脏的臭婆娘又指鸡骂狗骂我光吃食不下蛋我不下蛋关她屁事她下了两个斜眼歪歪蛋老娘连脏都不愿夹噢哟哟亲娘啊叫人

欺负喽……老头子不是我的毛病一定是你的毛病你去
医院检查检查咱养几个孩子争争气……"

　　主任可能因为当着我们新兵的面，有点不好意思，
用力推开老婆，双手端着木枪，威严地喊："你给我滚
回去！"

　　女人愣了愣，蔑视着那镶着橡皮头的木枪，有条不
紊地解开衣扣，露出囊囊的肚皮。她拍着肚子说："反
动派，开枪吧！革命不怕死，怕死不革命，一个倒下
去，一千个站起来！哎哟我没有孩子……"

　　肖班长走上去，劝着她："老羊老羊，回去吧，让
新兵们笑话你。"

　　"笑去吧！笑去吧！笑我就是笑他娘！小肖啊，要
不是你们主任有病，我早有了一群孩子呢！"女人像糖
一样黏在我们班长身上。

　　"李家田！"我们班长喊了一个老兵，一人架着一
条胳膊，把老羊送走了。

　　我们主任满面青紫地站了一会儿，就提着木枪向业
务办公室那边走，路过一个躺在墙边上的汽油桶时，我
看到主任像头豹子似的端着木枪冲上去，捅得汽油桶咕
咚一声响。汽油桶遍地打滚。一只大耗子沿着墙根，唧
唧叫着逃跑了。

　　就是那天晚上，我们班长带我们到唐家埠"骡子"家闹洞房。"骡子"家院子里出出进进好多人，红窗纸被电灯照得那么漂亮。班长和院子里的人打着招呼。一个女人喊："大婶子，解放军来了，快出来接待！"

　　一个小脚女人跑出来。

　　我们班长说："恭喜大娘！恭喜大娘！"

　　老女人兴奋得浑身哆嗦，说："谢谢解放军……谢谢解放军，'骡子'，'骡子'，快来。"

　　那个叫"骡子"的新郎穿着一身铁板样的新衣，站在班长面前，搔着后脑勺子，傻呵呵地笑。班长撞他一膀子，说："小子，快带我们去看看新媳妇。"

　　"骡子"像领了将令一般，跑进洞房，轰赶着满屋的小孩子。

　　小孩子们愤愤不平地站在院子里，看着我们鱼贯进洞房。

　　一个小男孩大声喊："解放军！别进去，他家是富农，他媳妇家是地主！"

　　"骡子"和"骡子"的母亲都垂下了头。

　　班长命令我："小管，去把那个喷粪的小兔崽子抓住，骟了他的蛋了！"

　　没等我出门，那个小男孩就一溜烟走了。

　　房间很小，地上站不下，班长带头上了炕。新媳妇坐在炕角上，满脸通红不敢抬头。

　　"骡子"手忙脚乱地为我们倒茶递烟。

　　班长拿着一支烟，盯着新媳妇问："你叫什么名字？"

　　新媳妇像蚊子嗡嗡一样回答。

　　"你抬起头来让我们看看。"班长说。

　　新媳妇的头垂得更低了。

　　班长说："'骡子'，让你媳妇抬起头来。"

　　"骡子"说："你……抬起头来……给解放军看看……"

　　新媳妇抬起头，果然很漂亮，鹅蛋脸，圆眼睛，鼻子小巧端正，两颗泪珠在新媳妇眼里骨碌碌打转。

　　"真俊，活活地跟我妹妹一个模样，'骡子'，你真是好福气！"班长拍了"骡子"一巴掌，转脸又对新媳妇说，"哎，你家还有姐姐妹妹吗？介绍个给我。"

　　"骡子"说："班长，您开什么玩笑，就是天仙下凡，您也不喜要呢！"

　　班长说："去你的！这样吧，'骡子'，我回老家把俺妹妹领来嫁给你，你把她让给我。"

　　新媳妇那两颗酝酿已久的泪珠滚出眼眶。她从身后不知什么地方，摸出一个纸包，剥出二十几颗水果糖，递给班长，说："大哥，让同志们吃糖吧！"

那糖好酸啊！

班长带我们去闹洞房的事不知怎么传到四十三团去了，八月份我去四十三团军务股领手榴弹时，一个当仓库保管员的老乡诡秘地问我："哎，老三，听说你们带着枪去地主家闹洞房，把人家新媳妇的裤子都给剥了？"

我说："纯属放屁！你去问问那个'骡子'，他可感谢我们啦！"

我的老乡搬出两箱手榴弹，说："你们这些稀拉兵，会不会放真手榴弹？"

"你别小瞧我们，我们练了两个月了。"我说。

领回实弹后，址长带着我骑着自行车到处看地形，最后把地点选在南堡村东一条干涸的河道里。河滩上丛生着红柳树。河道里净是结着白碱的鹅卵石。踏在鹅卵石上，可以北望大海。

训练投弹是在苹果园外的沙地上进行的，连续两个月，只要轮不到站岗就去。

　　我们在沙地上排成一行，每人的粗线腰带里别着两枚教练弹。班长站在队前，阳光照得他睁不开眼，他把帽檐往下一拉，说："手榴弹是共产党的传家宝，这玩意儿打起仗来没准还用得着，投七十米八十米屁用不管，投四十米就够了，关键是要准，准头怎么练呢？关键是要有目标，我们的目标在哪里啦？在正前方。"

　　我们正前方是唐家埠村的苹果园。

　　班长说："看到那棵'伏花皮'了吗？那就是我们的目标，谁投下来苹果谁吃，我已经跟仲书记说好了，他说支援解放军苦练杀敌本领甭说一棵'伏花皮'，十棵'印度青'也豁得出来，遗憾的是'印度青'要到老秋才熟。"

　　班长在脚下划出一条线，说："踩着这根线投，不准过线。"

　　班长给我们示范。他从腰里拔出一颗手榴弹，活动了一下胳膊腿，他让我们也活动一下关节筋骨。他撤步、扭腰，胳膊一扬，手榴弹疾速地翻滚着飞到苹果树上。苹果树上成千上万个半边红半边黄的苹果像活物一样灵活生动，手榴弹飞进去，像老鸹闯进了鹦鹉巢，噼里啪啦乱一阵，挟带着几个苹果掉下来。

　　班长命令："去捡弹捡苹果。"

　　我飞快地跑过去，跳过那道又稀又矮用紫穗槐枝条夹成的篱笆，钻到庞大的苹果树冠下，捡起斜立在沙土上的教练弹，又捡起两个苹果，跑回来向班长交差。

　　班长接过手榴弹和苹果，把手榴弹扔在地上，把苹果举起来，对我们说："看到了吧？胜利果实！"他把苹果放在衣襟上擦了擦，喀嚓咬了一口，咯咯吱吱地嚼着，呜呜噜噜地说："开始吧，一个挨一个投，自己投完自己捡。"

　　班长吃完苹果看我们投弹。

　　那棵苹果树我有时认为它在藐视着我们，擎着成千上万闪烁的果子。

　　有时我认为那棵苹果树在仇视着我们，抖着成千上万闪烁的果子。

　　我认为有时那棵苹果树在哀求着我们，垂着成千上万闪烁的果子。

　　战友们都有收获，围着班长像一群贪吃的小兽，紧张地啃着苹果，大家都兴高采烈，固然不久以后我知道了这种"伏花皮"苹果并不好吃，它有一种让人涕泪交流的味道。

　　班长说："小管，轮到你投了。"

　　我提着一颗手榴弹站在画出来的那条线上，这时我望着苹果树苹果树也望着我。

"投啊，不想吃苹果？"班长说。

我按着班长告诉我的要领，用力把手榴弹甩出去。一刹那间我停止了呼吸苹果树也停止了呼吸。我看着我的手榴弹平稳地向前飞行，它一点也不打滚翻斤斗，它飞得非常慢，好像伸手就能非常容易地抓住。我的这颗手榴弹根本违背了物体运动规律，它笔直地飞行着，突然垂直地下落，像中了枪弹的鸟儿一样掉在沙地上。离苹果树还差一大截子呢。

"咦——小子，你投的什么怪弹？"我们班长把苹果核扔了，亲自跑过去，围着我的手榴弹转了三圈，然后像捏着一条蛇似的走回来。

班长又教了我一遍动作要领，允许我跨线十米再投。

我的手榴弹还是那样稳稳当当地飞行着，满以为它能飞到苹果树上方再下落，谁知道它在篱笆上空突然停住，一头扎下来，离苹果树还差着三五米远啦。

班长说："他奶奶个熊，你这颗手榴弹是他娘的魔术弹？"

班长让我换了一颗手榴弹，又让我前跨五米。

班长说："投！"

　　我严格按照动作要领，把手榴弹撇出去。我撇出去的手榴弹都是反抛物线飞行，它依然不翻斤斗，平稳如鸟儿滑翔。在苹果树上空，它犹豫片刻，轻轻地掉下去。苹果树梢头轻动，良久良久，不见手榴弹掉下来，更不见苹果掉下来。

　　苹果树忧悒地望着我，我忧悒地望着苹果树。

　　千万颗果子一齐翻动着，好像落了一树翠鸟。

　　"噢，邪门！你这个小子。"我们班长怪声怪气地说。

　　我苦练两个月也未能改变从我手中飞出去的手榴弹的反动轨迹，所以，蹲在干河道外的红柳子丛里，心里始终忐忑不安，为什么我按照班长教给的要领却投不出班长式的翻滚弹？它为什么总要平稳滑行然后垂直落下？班长播下龙种，收获的是跳蚤。我那时朦朦胧胧地意识到事物的复杂性和最简单的事物里包含的神秘因素。投弹不但是肉体的运动而且是思想的运动；不但是形体的训练更重要的是感情的训练。手榴弹呆板麻木大起大落的运动轨迹也许就是我的思维运动方式的物化表现。投弹训练有时就是感情训练，飞行的手榴弹多么像飞行的思想。我多么希望你就是那棵苹果树，你结满了丰满诱人的果子，我的同伴是那么贪婪地想攫取你或者攫取到了你几颗果实。我一投不及，二投不及，三投方及。我的爱情的运动多么像我投出的手榴弹的运动。我不想得到一时的口腹之乐，我只想让我的心栖息在你的浓密的树冠里，得到你的温暖和庇护，我的心为你跳动。如果我死了，请把我的肉体埋在你的荫下。

我坐在红柳子丛里胡思乱想，想着驻地那位大姑娘。我们班长指挥两个战士在柳棵子后边挖了两个半米深的掩体。

班长集合起我们，庄严宣布了几条纪律。

实弹投掷正式开始。

班长说："你们都到柳棵子后边趴着去，我先投两颗试试。"

我们贴地趴着，看着班长撬开木箱，揭掉两层油纸，小心翼翼地拿起一颗把儿雪白头儿漆黑的手榴弹，拧掉把上的铁盖子，把一个银亮的小铁环套在手指上，喊一声"注意隐蔽"，然后用力一甩胳膊。手榴弹翻滚着飞进河道，一、二、三、四、五，我暗暗数着。手榴弹爆炸了，响声非常单薄，我感觉它薄得像刀刃一样。

班长跑向河道，我们也跟着跑去。

手榴弹在河道里炸出一个西瓜大的坑，十几块像五分硬币那么大的弹片紧凑地摆在坑里。

班长捡起两块弹片看看，愤怒地说："这尿弹，质量糟透，塞到屁眼里也炸不烂屁股！"

我们回到掩体边，班长说："小管留下，其余的到柳棵子后边趴着去。"

班长说："投吧，五颗。"

我看着那一箱子手榴弹，心里别别地跳。

"拿一颗。"班长说。

我小心翼翼地拿起一颗弹。

"拧开盖子。把套环挂到小手指上。"

我的手哆嗦得厉害。

班长帮我把套环挂到小手指上。我的小手指紧张地翘着。

班长说："预备——投！"

我稀里糊涂把手榴弹扔出去，一头扑到掩体里趴起来。

班长从掩体里抬起头，惊异地说："他奶奶的，一分钟啦，怎么还不响？"

战友们在柳树丛子里喊："班长，带着弦飞出去的——没拉弦——"

班长扯过我的右手一看，说："你没蜷起手指？"
我点点头。

班长弓着腰走到十几米外那颗手榴弹旁，审视了
半天。

班长把那颗手榴弹捡回来，交给我，说："再投！
怕死鬼是上不了战场的！"

我横下一条心，下死劲把手榴弹撇出去。手榴弹冒
着白烟飞走了。一会儿，河道里响起了爆炸声。

班长看着河道中腾起烟雾的地方，高兴地说："小
子，投得不近，再投！"

我越投越远。弹片在半空中飞行。

班长高兴，又赏我一颗弹。我握弹在手，望着那丑
陋的烂河滩，用力一挥臂。手榴弹哧哧地叫着，在空中
疾速翻滚着，落地后立即爆炸。我听到扑哧一声响，慌
忙侧目一看。我们班长一低头，从嘴里吐出一块乌黑的
弹片，又吐出两颗雪白的门牙。

班长用双手捧着弹片和门牙，迷迷糊糊地说："咦，
则稀磨东希？"

（一九八六年四月）

# 爱 情 故 事

　　那年秋天，队长分派十五岁的小弟与六十五岁的郭三老汉去摇水车。摇水车干什么？车水。车水干什么？浇大白菜。看水道的是一个名叫何丽萍的女知青，年纪在二十五岁左右。

　　立秋之后，大白菜必须每天上水，否则就要烂根。派活时队长说了，让他们三个不必每天早晨来等待派活，吃过饭去浇白菜就行了。

　　他们吃过饭就去浇菜，从立秋浇到霜降。当然，他们并不是一直不停地浇水，他们也干些别的事，譬如给大白菜施肥，给大白菜抓虫，用红薯秧把耷拉在地上的白菜叶子拢起来捆住，等等。他们每天都休息四次，每次半小时左右。女知青何丽萍有一块手表。节气到了霜降，地温变低，大白菜卷成了球形，浇水工作结束了。

　　他们把水车卸下来，用板车拖到生产队场院里交代给保管员，保管员粗粗检查一下就让他们走了。

　　第二天，他们吃过早饭后就到铁钟下边等着队长重新派活。队长分配郭三套牛去耕豆茬地，分配小弟去补种田边地角上的小麦。何丽萍问："队长，我干什么？"队长说："你跟小弟一起去补种小麦，你刨沟，他撒种。"

　　有一个滑稽社员接过队长的话头跟小弟逗趣："小弟你看准了何丽萍的沟再撒种，可别撒到沟外边去啊。"

　　众人哄笑起来，小弟感到心在胸膛里怦怦跳，偷眼看何丽萍时，发现她板着脸，好像很不高兴。小弟心里立刻难过起来。他骂那逗趣的社员："老起，操你妈！"

　　白菜地在村子东头，紧傍着一个大池塘。塘里蓄积着很多雨水，水里生长了很多藻菜和苔藓，池水显得碧绿、深不可测。生产队把白菜地选在这里，主要是想利用池塘里的水浇灌。井里的水当然也可以浇灌，但不如池塘里的水效果好。水车凌空架在池塘上，像一个水上亭阁。小弟和郭三老汉脚踩着颤悠悠的木板，每人抓住一个水车的铁柄，你上我下，吱吱扭扭不停地车着水。从立秋至霜降，没有落过一次雨，几乎每天都是蓝天如洗，阳光明媚。无论有风没风，池塘里的水都很平静。天上有白云时，池塘里也有白云，池塘里的云比天上的云还要清晰。小弟有时候看云看痴了，竟忘了摇动手中的铁柄。郭三老汉丧气地吼一声："小弟！睡着了吗？！"池塘的北头有像炕席那么大的一片芦苇。孤零零的那么一点芦苇，显得很不真实。芦苇一天比一天变黄，黄的苇叶被初升的太阳和西斜的太阳照耀着时，好像镀了金子。每当那只遍身通红的、奇异的大蜻蜓落在一片金苇叶上，池水、芦苇、蜻蜓就成了一幅画。还有十几只鸭七八只鹅都是雪白的，在绿水里游来游去。那两只长脖子的公鹅有时趴在母鹅背上，有时趴在母鸭背上。公鹅这样做时小弟往往发呆，一发呆又忘了摇动水车的铁臂，于是，小弟又遭到郭三老汉的训斥："想什么呢？"小弟慌忙把眼从鹅鸭身上撤下来，加倍用力地摇动水车。在哗哗啦啦的水车链条抖动声中和哗哗啦啦的水声里，他听到郭三老汉说："毛儿还没扎全个小公鸡，也想起好事来了！"小弟感到羞愧。那只在池塘上飞来飞去的红色美丽蜻蜓，被郭三老汉命名为"新媳妇"。

何丽萍身材很高，比郭三老汉还高。她会武术，据说曾随着中国少年武术队到欧洲表演过。人们经常为何丽萍惋惜，要不是"文化大革命"，她肯定能成个大气候。她家里成分不好，有人说她父亲是资本家，也有人说是走资派。走资派和资本家没有多少区别，所以谁也不愿深究。反正大家都知道何丽萍出身不好。

何丽萍不爱说话，村里人都说她老实。与她一起下来的知青上学的上学，就工的就工，回城的回城，就剩下了一个何丽萍。大家都知道她受了家庭出身的拖累。

何丽萍的武术只显过一次相，那还是她刚插队来村里时。那时小弟只有八九岁。那时村里经常组织毛泽东思想宣传会。知识青年们能说会唱，还有会吹口琴、吹笛子、拉胡琴的。那时候村子里显得特别热闹，社员们白天劳动，晚上闹革命。小弟感觉到那时候像过大年一样天天热闹得够数。有一天晚上跟很多天晚上一样，吃过晚饭大家都出来革命。迎面一个土台子，台子上栽两根柱子，柱子上挂两盏汽灯。知青们在台上又拉又唱，小弟记得，忽然那个报幕的小知青说：贫下中农同志们，伟大领袖毛主席教导我们说：枪杆子里面出政权！下面请看何丽萍的武术表演："九点梅花枪"！

小弟记得大家像疯了一样鼓掌，就等着何丽萍出来。一会儿何丽萍出来了。她穿着一身红色的紧身衣服，脚上穿着白色胶鞋，头发盘在头上。年轻的小伙子在议论着她的紧绷绷鼓起的乳房。有说是真的，有说是假的，说假的那个人还说何丽萍的胸膛上扣着两个塑料碗。她手持一杆红缨枪站在台中亮了一个相。她挺胸抬头，两只眼黑晶晶的，十分光彩。然后抖抖枪杆，唰唰唰一溜风地耍起来了。耍到那要紧处，只见得台子上一片红影子晃眼，哪里去看清她的身腰动作？后来她收住势，手挂长枪定定地站在台上，好像一炷凝固的红烟。台下鸦雀无声好一阵，众人如梦方醒，有气无力地鼓起掌来。

这一夜村里的年轻人都失眠了。

第二天，在地头上休息的社员们七嘴八舌地议论着耍枪的何丽萍和她的"九点梅花枪"。有的说这丫头的枪术是花架子，好看但不实用；有的说枪耍得像风一样快，三五个人近不了身，还要怎么实用？有的说要找上这么个老婆可就倒了霉了，等着挨揍就行了，这丫头注定是个骑着男人睡觉的角色，什么样的车轴汉子也顶不住她一顿"九点梅花枪"戳。往后的议论就开始下道了。那时小弟跟着大人们干活，听到这些话时心里有点不好意思又有点气愤。

何丽萍的"九点梅花枪"只耍了一次就耍不成了，据说是被人告到公社革命委员会里，公社里说：枪杆子应该握在根红苗正的革命接班人手中，怎么能握在黑五类的后代手中呢？

何丽萍不爱说话，每天垂头丧气地跟着社员们劳动。当所有的知青都插翅飞走时，她显得很孤单，大家都对她同情起来。队长再也不派她重活干。没有人想到她该不该找对象结婚的事。村里的小青年大概还记得她的枪术的厉害，谁也不敢去找她的麻烦。

有一天她悬空坐在水车的踏板上望着池塘里的绿水发愣时，小弟坐在池塘的边上，目不转睛地看着她。她的脸很黑，鼻梁又瘦又高，眼睛里黑黑的几乎没有白，两道眉毛向鬓角斜飞去，左边那道眉毛中间有一颗暗红色的大痦子。她的牙很白，嘴挺大，头发密匝匝的，小弟看不到她的头皮。那天她穿着一件洗得发白了的蓝华达呢军便装，没扣领扣，露出一节雪白的脖颈和一件内衣的花边，再往下一看，小弟慌忙转头去看在白菜地上飞舞着的两只蝴蝶。他看不见蝴蝶，他脑子里牢牢地记住了何丽萍的两只乳房把军便装的两只口袋高高挺起的情景。

郭三老汉不是个正经的庄稼人，小弟听人说郭三年轻时在青岛的妓院里当过"大茶壶"。"大茶壶"是干什么的呢？小弟不知道，也不好意思问人家。

现在郭三没老婆，光棍一人过活，村里人都说他跟李高发老婆相好。李高发的老婆梳着一个光溜溜的飞机头，一张白白的大脸，腚盘很大，走起路来一跛一跛的，像只鸭子。她的家离池塘不远，小弟和郭三踏着木板摇水车时，一抬头就能望到李家的院子。她家养了一条黑色的大狗，很厉害。

他们浇白菜浇到第四天时，李家的女人挎着个草筐子到池塘边上来了。她磨蹭磨蹭就磨蹭到水边上来了。她"咯咯咯咯"地在水车旁边笑。

她笑着对郭三说："三叔，队长把美差派给你了。"

郭三也笑嘻嘻地说："这活儿，看着轻快，真干起来也不轻快，不信你问小弟。"

连摇了几天水车，小弟也确实感到胳膊有点酸痛。他咧嘴笑了笑。他看到李家女人那油光光的飞机头，心里感到很别扭。他厌恶她。

李家女人说："俺家那个瘸鬼被队长派到南山采石头去了，带着铺盖，一个月才能回来……你说这队长多么欺负人，有那么多没家没业的小青年他不派，单派俺那个瘸鬼！"

小弟看到郭三的小眼睛紧着眨巴，听到他喉咙里挤出干干的笑。郭三说："队长是瞧得起你呢！"

"呸！"李家女人愤愤地说，"那匹驴，他就是想欺负俺！"

郭三老汉不说话了。李家女人伸了个懒腰，仰着脸眯着眼看太阳，她说："三叔，半上午了，您该歇歇了。"

郭三打着手罩望了望太阳，说："是该歇歇了。"他松了水车把，对着菜地喊："小何，歇会儿吧！"

李家女人说："三叔，俺家那条狗这几天不吃食，您去看看是怎么回事？"

郭三看了一眼小弟，说："你先走吧，我抽袋烟再去。"

李家女人边走边回头说："三叔，您快点呀！"

郭三好像不耐烦地说："知道了知道了！"他拿出烟荷包和烟袋，突然用十分亲切的态度问小弟："小伙子，你不抽一袋？"

但他却把装好烟的烟斗插进自己嘴里去了。小弟看到他点着烟站起来，用拳头捶打着腰，说："人老了，干一会儿就腰疼。"

郭三老汉尾随着李家女人走了。小弟不去看他们，回头往白菜地里看，何丽萍正拄着铁锹站在畦埂上一动不动。小弟心中感到很难过，被水车的皮垫搅浑了的池水里泛上来一股腥腥的淤泥味，仿佛渗进了他的牙缝里。水车的铁管里空空一响，车链子响了几声，车把子倒转几下，被吸到铁筒里的水又回到池塘里，然后水车便安静了。

小弟看到水车把上的锈已经被自己的手磨光了。他坐在木板上，两条腿耷拉着。太阳很好，菜畦里的水还在缓缓流动着，并放出碎银子般的光芒。所有的白菜都静止不动，菜地尽头高耸的河堤也静止不动，堤上的柿子树也静止不动，有几片柿叶已经显出鲜红的颜色。小弟往西一望，正望到郭三静悄悄地走进李家的院落，那条大黑狗只叫了一声，便驯服地摇起尾巴来。郭三老汉跟狗一起钻到屋里去了。李家的篱笆上有一架扁豆，开放着很多紫色的花。池塘里的水被撩动了，鸭和鹅一齐叫，并用翅膀打水。那只长颈的白公鹅把一只母鸭压到水里去了，那母鸭在水里驮着公鹅游动。小弟跳到菜地边上，抓起一团团的泥巴，打击着那只公鹅。泥巴太软，不及到水就散开了，绿水被散乱的黄泥土打得唰唰响，公鹅依然骑在母鸭背上，在水中急速地游动。

小弟感到一种从未体会过的感觉。他身上很冷，池塘里的水汽使他的肌肤上生出一些鸡皮疙瘩。他的腰不敢直起来，撑起的单裤使他感到耻辱。而这时，何丽萍沿着畦埂朝水车这边走来了。

何丽萍在一步步逼近，小弟坐在了地上。他突然发现何丽萍高大了许多，而且她的头发上闪烁着一种金黄色的光芒。小弟的心脏噗噗地乱跳着，牙齿止不住地打起架来。他把手放到膝盖上，又移到脚背上。最后他挖起一块泥巴用力捏着。

他听到何丽萍问："郭三老汉呢？"

他听到自己颤抖着说："到李高发家去啦。"

他听到何丽萍走到木板上，还听到她向池水中吐唾沫。他偷偷地抬头，发现何丽萍出神地望着池塘中的鹅鸭们。何丽萍的上身伏在水车上望着池塘中的鹅鸭，何丽萍的屁股便翘了起来。小弟恐惧极了。

后来，何丽萍问他多大了，他说十五了。何丽萍问他为什么不读书，他说不愿上了。

小弟满脸是汗，站在何丽萍面前。何丽萍嘻嘻地笑起来。于是小弟更不敢抬头了。

从那天起，郭三老汉每天都要去李高发家为黑狗治病，何丽萍也过来跟小弟说话。小弟不紧张了，不流汗了，也敢偷偷地看何丽萍的脸了。他甚至闻到了何丽萍身上的味道。

有一天天很热，何丽萍脱下蓝制服，只穿着一件粉红色的衬衣，小弟看到她衬衣里边那件小衣服的襻带和纽扣，他幸福得直想哭。

何丽萍说："你这个小混蛋，看我干什么？"

小弟脸顿时红了，但他大着胆子说："看你的衣裳！"

何丽萍酸酸地说："这算什么衣裳，我的好衣裳你还没看见呢！"

小弟红着脸说："你穿什么都好看。"

何丽萍说："你还挺会奉承人呢！"

她说："我有一件红裙子，跟那柿子叶一样颜色。"

他和她都把目光集中到河堤半腰那棵柿子树上。已经下了几场霜，柿子叶在阳光照耀下，红成了一团火。

小弟飞跑着去了。他爬到柿子树上，折下了一根枝子，枝子上缀着几十片叶子，都红得油亮。有一片被虫子咬坏了的叶子，小弟把它摘下来扔掉了。

他把这一枝红叶送给何丽萍。何丽萍接了，用鼻子嗅着柿叶的味道，她的脸也许是被红叶映得发红。

小弟为何丽萍摘红叶的情景被郭三看到了。摇着水车时，郭三老汉嘻嘻地怪笑着问小弟："小弟，我给你当个媒人吧！"

小弟满脸通红说："我才不要呢！"

郭三说："小何真不错，奶子高高的，腚盘宽宽的。"

小弟说："你别胡说……人家是知青……人家比我大十岁……人家个子那么高……"

郭三说："这算什么！知青也知道干那事舒坦！女大十岁不算大。女的高，男的矬，两个奶子夹着脖，那才是真恣咧！"

郭三一席话把小弟说得浑身滚烫，屁股扭动。

郭三说："雀儿都竖起来了，不小了。"

从这天起，郭三不停地把那些事给小弟说，小弟也忍不住地问郭三当"大茶壶"的事，郭三就把妓院里的事详细地说给小弟听。

小弟摇着水车老走神，何丽萍的影子在他眼前晃动着。郭三看着小弟这模样，便用更加淫荡的话挑逗他。

小弟哭着说："三大爷，您别说这些事给我听了……"

郭三说："傻瓜蛋！哭什么，找她去吧，她也痒痒着呢！"

有一天中午，小弟去生产队的菜地里偷了一个红萝卜，放到水里洗净，藏在草里，等何丽萍来。

何丽萍来了，郭三老汉还没有来。小弟便把红萝卜送给何丽萍吃。

何丽萍接过萝卜，直着眼看了一下小弟。

小弟不知道自己的模样。他头发乱糟糟的，沾着草，衣服破烂。

何丽萍问："你为什么要给我萝卜吃？"

小弟说："我看着你好！"

何丽萍叹了一口气，用手摸着萝卜又红又光滑的皮，说："可你还是个孩子呀……"

何丽萍摸了摸小弟的头，提着红萝卜走了……

小弟和何丽萍去很远的地里补种小麦。因为地头上要回转牲口，总有些空闲种不上。他们来到一块高粱地茬。早种的小麦已经露出了苗儿。高粱秸子耸成一个大垛堆在地头上。这时候已经是深秋了，天气有些凉了。何丽萍和小弟种了一回麦子，便躲在高粱秸垛前，晒着太阳休息。阳光又美丽又温暖地照射着他们，收获后的田野一望无际，一个人影也没有，只有几只鸟儿在天上唧唧喳喳地叫着。

何丽萍放倒了几捆高粱秸，背倚着高粱秸垛，舒适地仰起来。小弟站在一旁看着她。她的脸闪闪发光，眼睛眯着，湿润的嘴微张着，露出洁白的牙齿。

小弟感到浑身发冷，他感到嘴唇僵硬，喉咙好像被人扼住了似的。他困难地说："……郭三跟李高发的老婆干那种事儿……每天都去……"

何丽萍眯着眼，脸上的微笑闪闪发光。

"……郭三骂你咧……他说你……"

何丽萍眯着眼，身体摆成一个大字。

小弟往前挪了一步，说："……郭三说你也想那种事……"

何丽萍望着小弟微笑。

小弟蹲在何丽萍身边，说："郭三要我大着胆子摸你……"

何丽萍微笑着。

小弟呜呜地哭起来，他哭着说："……姐姐，姐姐，我要摸你了……我想摸你了……"

小弟的手刚刚放在何丽萍的胸膛上，整个人就被她的两条长腿和两只长胳膊给紧紧地盘住了……

第二年，何丽萍一胎生了两个小孩。这件事轰动了整个高密县。

（一九八九年）

**图书在版编目(CIP)数据**

秋水/莫言著.—杭州：浙江文艺出版社,2019.4(2024.10重印)

ISBN 978-7-5339-5565-6

Ⅰ.①秋… Ⅱ.①莫… Ⅲ.①短篇小说-小说集-中国-当代 Ⅳ.①I247.7

中国版本图书馆 CIP 数据核字(2019)第 002501 号


策划统筹　曹元勇
责任编辑　李　灿
封面设计　人马艺术设计·储平
责任印制　吴春娟


**秋水**

莫言　著

出版　浙江文艺出版社
地址　杭州市环城北路 177 号　邮编：310003
网址　www.zjwycbs.cn
经销　浙江省新华书店集团有限公司
印刷　上海中华商务联合印刷有限公司
开本　787 毫米×1092 毫米　1/32
字数　150 千
印张　9.25
插页　4
版次　2019 年 4 月第 1 版　2024 年 10 月第 8 次印刷
书号　ISBN 978-7-5339-5565-6
定价　48.00 元